LE GRAND VOYAGE

Erik L'Homme

LE GRAND VOYAGE

GALLIMARD JEUNESSE

À Jean-Philippe
Pour Elsa et Lilas

« Un jour dans son chariot l'Ankou te prendra,
Il t'emmènera près du chêne sans âge
Et aux deux bœufs il te donnera.
La vieille barque te déposera sur le rivage… »

Bert le Semi-Mort

1

SUR LE RIVAGE

– Mange quelque chose, Victor. On ne peut pas commencer la journée avec le ventre vide.

– Je n'ai pas très faim, Grand-père.

– C'est parce que tu rentres au collège aujourd'hui ? Tu devrais être tout excité, au contraire. Finis l'école, la cour de récréation minuscule et le petit village de Kermonac'h. Tu vas découvrir le collège et la ville de Plouermor. Un nouvel horizon s'offre à toi, mon grand.

– J'aimais bien mon école, moi. La maîtresse était chouette. Et puis j'avais mon ami Fanch.

– Ne dis pas de bêtises. Fanch entre en sixième avec toi. Et puis vous vous ferez plein de nouveaux amis. Allez, fais-moi plaisir, mange un peu.

– Grand-père, j'y arrive pas. J'ai l'impression qu'un monstre a pris mon estomac entre ses griffes et le serre de toutes ses forces.

– Bois au moins ton chocolat. Je me suis laissé dire que le chocolat est un puissant antidote contre les monstres.

– Ah ah, très drôle !

Victor se força néanmoins à avaler quelques gorgées, pour faire plaisir à son grand-père. C'était un homme encore solide malgré son âge, la barbe blanche, le visage buriné par le soleil, des yeux couleur de ciel clair, entourés de rides, qui pétillaient de malice. Il boitait légèrement, à cause d'une balle reçue à l'époque où il était soldat. Il portait un bonnet en permanence et Victor se demandait même s'il ne dormait pas avec. Il se levait tous les jours à l'aube pour traire la vieille Rosine. Le lait ici avait un goût particulier. Épais et jaune à cause de la crème, il était délicieux. Seul inconvénient, la peau épaisse qui se formait à la surface et que Victor enlevait consciencieusement, sous les moqueries du vieil homme.

– À la bonne heure, félicita-t-il Victor. Maintenant, file te brosser les dents et redescends tes affaires, il ne faudrait pas que tu sois en retard pour ton premier jour…

– Tu n'auras pas le temps de compter jusqu'à trois !

– Un…

Victor grimpa l'escalier en courant, passa par la

salle de bains où il fit suffisamment de bruit avec sa brosse à dents pour être entendu d'en bas. Le miroir au-dessus du lavabo lui renvoya un visage plus pâle encore que d'ordinaire, éclairé par deux yeux très bleus hérités de son grand-père, surmonté d'une tignasse blonde en désordre.

– Deux…

Victor fonça dans sa chambre, récupéra son manteau et la sacoche qui contenait encore peu de choses, sur laquelle il avait accroché le porte-clés tour Eiffel que sa mère lui avait offert un jour et qui servait depuis d'indispensable porte-bonheur.

– Deux et demi…

Il dévala les escaliers, passa en trombe devant le vieil homme et traversa la cuisine comme un ouragan.

– Deux trois quarts…

Victor ouvrit la porte pour sortir, puis fit brusquement demi-tour. Il mit ses bras autour du cou de son grand-père, qui était resté assis à table, et fit claquer un baiser sonore sur une joue envahie de poils.

– Tu vois ? T'as pas eu le temps de dire trois !

– Tu as été trop rapide, c'est pour ça.

– Je t'aime, Grand-père.

– Moi aussi, mon petit diable, je t'aime. Allez, file !

– À ce soir !

Cette fois, Victor disparut pour de bon. Il quitta la maison sous la bruine, s'engagea dans la ruelle qui conduisait à la route traversant le village. Il s'abrita sous la besace qu'il tint à bout de bras au-dessus de sa tête jusqu'à la cahute au toit d'ardoises devant laquelle s'arrêtait le bus scolaire. Son cœur battait très fort. Oui, il entrait en sixième. Non, il n'était pas du tout excité. Plutôt terrifié. Son grand-père ne pouvait pas comprendre, il avait été soldat, il avait voyagé dans le monde entier ; il avait fait la guerre. Sûrement qu'il n'avait jamais eu peur de sa vie.

En arrivant l'an passé dans ce petit coin de Bretagne, Victor s'était senti perdu. Il avait mis beaucoup de temps à prendre ses marques. Et aujourd'hui, son petit monde, patiemment reconstruit, était près de voler en éclats. Victor vivait cela comme une injustice. Tout, d'ailleurs, lui paraissait injuste. D'abord, il y avait son père : il ne l'avait jamais connu et celui-ci ne savait peut-être même pas qu'il existait. Sa mère lui avait promis qu'un jour, elle lui raconterait tout. Mais ce jour n'était jamais arrivé. Parce que sa mère était morte. Un accident tout bête. Un chauffard, alors qu'elle traversait la rue. En un instant, dans le crissement des pneus et les hurlements des passants, Victor avait perdu ce qui lui était le plus cher au monde. Pas de frère ou de sœur. Ni oncle ni tante. Juste un grand-père qui vivait seul en Bretagne, dans une vieille maison où sa mère se rendait en rechignant parce que l'endroit la rendait triste. Un grand-père qui venait toujours les voir à Noël, à Paris, avec sa bonne humeur, ses blagues et ses valises remplies de cadeaux. Un grand-père que Victor aimait beaucoup. Heureusement, car c'était la seule famille qui lui restait. Grand-père était venu le chercher à l'hôpital, lui avait offert le réconfort de ses bras dans lesquels il avait sangloté pendant des heures. Puis Grand-père avait patiemment rempli les papiers nécessaires afin d'être nommé tuteur légal de Victor. Il l'avait emmené chez lui, à Kermonac'h. Ensemble, ils avaient débarrassé une pièce à l'étage de la vieille maison et ils en avaient fait sa chambre. Elle était au bout d'un petit couloir, juste en face de celle de Grand-père, ce qui rassurait beaucoup Victor parce que, comme toutes les bâtisses anciennes, la maison était remplie de bruits. Par sa fenêtre, Victor avait une vue sur les prés, et, s'il se penchait, il pouvait apercevoir l'océan derrière les rochers.

Les premiers temps avaient été très difficiles. Victor pensait sans cesse à sa mère et pleurait beaucoup. Et puis son grand-père avait réussi à le tirer de ses sombres pensées. Il accompagnait le vieil homme partout. Sur le rivage, à la recherche de coquillages, où il aimait perdre son regard dans les vagues. À l'étable, pour s'occuper de Rosine ; Victor était maintenant capable de conduire tout seul la vache placide au pré. Il savait également ramasser les œufs de leurs trois poules et, lorsque le soir tombait, les rentrer au poulailler, à l'abri des renards et des fouines. La voisine, Jeanne, qui avait l'âge de sa mère, lui glissait dès qu'elle le voyait un caramel dans sa poche, en lui caressant la joue. Tout le monde dans le village était gentil avec lui, et tout le monde appréciait son grand-père. Pourquoi fallait-il que tout change encore ? La ville de Plouermor, située à quinze kilomètres, le terrorisait.

Pour reprendre courage, Victor serra contre lui son cartable, une musette militaire en toile kaki qu'il avait trouvée dans une cantine à la peinture écaillée en débarrassant sa future chambre, et qu'il s'était appropriée, avec la bénédiction de son grand-père. Enfin, le bus se montra au bout de la route.

2

AU BOUT DE LA ROUTE

– Victor !

Un garçon massif adressait de grands signes à Victor, qui venait juste de grimper en présentant au conducteur une carte scolaire flambant neuve. Un sourire illumina le visage de Victor : c'était Fanch, son meilleur ami depuis l'année dernière, qui faisait le pitre. L'apercevoir au milieu des autres élèves lui réchauffa le cœur. Il s'empressa de le rejoindre.

– Je t'ai gardé une place !

– Merci !

– J'avais peur de ne pas te voir ce matin.

– Tu voulais que je sois où ?

– Ben, tu aurais pu aller dans un autre collège, ou bien déménager, retourner à Paris, qu'est-ce que j'en sais ?

– Ah… Eh non, tu vois, Fanch, je suis là.

– C'est la meilleure nouvelle de la journée.

– J'espère qu'il y en aura une autre : il faut qu'on soit dans la même classe. Il le faut.

– Tu vois mes doigts ? Ils sont rouges tellement je les ai croisés.

Victor était vraiment content de retrouver Fanch. Ils s'étaient beaucoup vus au début de l'été, passant des journées entières sur la plage à jouer aux pirates. Mais ensuite son ami était parti chez sa tante, au pied des monts d'Arrée.

– C'était comment, Fanch, là-bas, dans tes montagnes ?

– C'était pas mal, il y avait mes cousins, on s'est bien amusés. Et toi ?

– J'ai été plusieurs fois en mer, sur un chalutier. Un ami de mon grand-père est pêcheur. Il fallait se lever très tôt. J'ai aidé aux manœuvres.

– Est-ce qu'il faut que je t'envie ou que je te plaigne ?

– Les deux ! Mais dans l'ensemble, c'était quand même chouette.

Victor ne mentait pas. Il avait aimé les matinées passées sur le pont du bateau de pêche, ballotté par les vagues ; aimé voir le soleil apparaître sur la mer. Grand-père et son ami bavardaient en buvant du café, riaient parfois de bêtises que le garçon ne comprenait pas, pendant qu'il jouait avec les boutons de la radio. Jusqu'au moment où il fallait se rendre sur le pont pour trier les poissons qui ruisselaient, tombant du filet comme un flot de vif-argent. Bien sûr, ça aurait été encore mieux si Fanch avait été là.

Victor l'avait rencontré un an plus tôt, presque jour pour jour. C'était la rentrée, à l'école du village. Tous les deux se retrouvaient en CM2. La mère de Victor était morte quelques mois plus tôt et il n'allait pas bien du tout. Fanch était venu le voir, alors qu'il était assis tout seul dans la cour sur un bout de muret à remâcher son chagrin. Fanch avait repoussé la mèche de cheveux noirs qui lui tombait sur le front et planté ses yeux sombres dans les siens. Il lui avait tendu une barre de chocolat en disant : « Tiens, ça va t'aider. Moi, dès que j'ai un problème, je mange un morceau de chocolat. Essaye, tu verras. » Victor avait observé le visage rond de Fanch. Il avait tout de suite aimé son regard bienveillant, son sourire, et il avait accepté le cadeau. Il avait remarqué ensuite que, si les autres enfants n'étaient pas méchants avec Fanch, ils avaient quand même tendance à le tenir à l'écart de leurs jeux. « C'est parce que je n'habite pas le village », lui avait expliqué son nouvel ami. Mais Victor pensait que c'était surtout à cause de son allure chaloupée, de ses vêtements qui paraissaient toujours trop petits. Fanch était légèrement enveloppé, comme Obélix. « Tu peux dire que je suis gros comme un cochon ! » avait rectifié Fanch en riant franchement. Cette facilité déconcertante à se moquer de lui-même avait définitivement persuadé Victor que Fanch serait son meilleur ami. Quand l'un et l'autre furent assez intimes pour se confier leurs secrets, Victor apprit que les parents de Fanch, des agriculteurs qui travaillaient beaucoup, ne s'occupaient guère de lui et qu'il en souffrait. Victor, invité plusieurs fois dans leur ferme qui se trouvait à quelques kilomètres de Kermonac'h, était toujours bien reçu. « Ils sont sympas tes parents », avoua-t-il ensuite à Fanch. « Ouais... Mais ils sont débordés. Il y a trop de choses à faire dans une ferme. »

– Tu as un nouveau sac ?

Aux pieds de Fanch trônait un sac à dos flambant neuf, décoré avec les principaux personnages de *La Guerre des étoiles*.

– Ouais. Il est pas aussi classe que celui que t'a filé ton grand-père, mais je dois avouer qu'il en jette. C'est un cadeau de ma tante pour mon entrée au collège.

– Les adultes sont bien les seuls à penser qu'il faut fêter ça...

Fanch posa sa main sur l'épaule de Victor qu'il dépassait d'une demi-tête. Victor n'était pas spécialement chétif, mais Fanch, lui, était hors norme – é-norme, aurait-il lui-même précisé.

– C'est pas tout. Regarde cette merveille.

Fanch sortit fièrement de sa poche un téléphone portable.

– Oh ! La chance ! C'est pas à moi que ça arriverait. Grand-père ne veut pas entendre parler d'écrans à la maison. Il dit que ça abrutit les jeunes cerveaux. Je dois être le seul enfant dans la France entière à ne pas avoir la télévision ! Et je ne parle même pas de console…

– Tu te rattrapes quand tu viens chez moi, non ?

Les souvenirs de parties endiablées de *Kill the Zombies* avec Fanch surgirent dans la tête de Victor. Fanch agita son téléphone devant lui.

– Tu vois, j'échangerais sans hésiter ce truc, et même ma console, contre des moments chouettes avec mes parents. Ton grand-père est peut-être vieux jeu, mais au moins, il est là et il passe du temps avec toi.

Fanch avait raison. Il n'y avait pas d'écrans chez Victor mais Grand-père était là chaque fois qu'il se sentait seul ou qu'il en avait besoin. Dans son malheur, se répétait-il souvent avant de se coucher dans les gros draps de lin épais, il avait de la chance.

– N'empêche qu'il aurait pu m'acheter un

téléphone comme cadeau d'entrée au collège. C'est utile un téléphone, non ?

– Mon téléphone est ton téléphone, Victor. Tu as oublié notre devise ? « On n'est pas des chacals : amitié totale ! »

– Tu as raison, Fanch. Avec ta force et mon intelligence, le monde ne peut rien contre nous !

– Tu insinues quoi, là ?

– Moi ? Rien du tout.

– Fais gaffe à toi, misérable vermisseau. Tu sais bien que ma puissance est sans limite !

– Peut-être, mais n'oublie pas que si je me concentre, mes ondes mentales te terrasseront…

C'était parti pour l'une des discussions enflammées que Victor et Fanch adoraient avoir, s'imaginant des pouvoirs, se mettant en scène dans des histoires rocambolesques qu'ils inventaient au fur et à mesure.

Si bien qu'ils ne virent pas le trajet passer et se retrouvèrent avant même de s'en rendre compte devant le collège Le-Braz, un bâtiment moderne disposé en « L » autour d'une vaste cour.

3

UNE VASTE COUR

Les deux garçons restèrent un moment devant le portail, épaule contre épaule, intimidés. Ils étaient venus ici avant l'été, avec leur institutrice, pour découvrir l'établissement, et avaient passé la journée à déambuler dans le collège. Mais c'était au mois de juin et la rentrée leur paraissait terriblement lointaine. Les grandes vacances leur occupaient alors l'esprit, et puis l'espoir de la fin du monde, ou d'un débarquement extraterrestre qui aurait mis la Terre à feu et à sang, bref, autant de bonnes raisons pouvant empêcher la rentrée scolaire d'avoir lieu.

– On y va, Victor ?

– Est-ce qu'on a le choix ?

Ils franchirent ensemble le portail et pénétrèrent dans un hall aux grandes arches de béton qui leur parut beaucoup plus grand que dans leurs souvenirs. Sitôt à l'intérieur, ils furent hélés par un homme en cravate, chauve, avec une barbe rousse soigneusement taillée, qui leur demanda sèchement s'ils faisaient partie des nouveaux élèves de sixième. Ils opinèrent timidement et l'homme les envoya rejoindre d'autres élèves, avec la consigne d'attendre qu'on les appelle.

– Brrr ! glissa Fanch à Victor, j'espère que ce n'est pas un de nos profs.

– Je crois que les profs ne portent pas de cravate, hasarda Victor pour se rassurer.

Ils retrouvèrent dans le coin du hall où l'homme les avait envoyés d'autres jeunes de Kermonac'h que leurs parents avaient accompagnés pour le premier jour. Victor et Fanch furent heureux de voir des visages connus.

– Tu peux me dire pourquoi mon grand-père et tes parents nous ont envoyés prendre le bus au lieu de nous emmener, comme l'ont fait les autres parents ?

– Tu veux vraiment que je réponde ? Mes parents étaient occupés à autre chose.

– Bah, je connais aussi la réponse de mon grand-père : il faut que j'apprenne à me débrouiller seul.

Une fois tout le monde rassemblé, l'homme à la cravate s'avança au centre du hall et leur tint un discours de bienvenue qui manquait singulièrement de chaleur. Ils comprirent avec soulagement que c'était le principal du collège. Ensuite, des professeurs, sans cravate comme le releva Victor avec satisfaction, s'avancèrent et égrenèrent des noms inscrits sur la liste qu'ils tenaient entre les mains.

– Fanch Guenel !

Fanch tressaillit en entendant son nom. Il jeta un regard inquiet à Victor en rejoignant le petit groupe agglutiné autour d'une grande femme aux cheveux noirs, montrant ostensiblement à son ami ses doigts croisés dans le dos pour chasser le mauvais sort. Victor serra dans son poing sa tour Eiffel porte-bonheur et se mit à murmurer en lui-même comme une formule magique : « Il faut qu'on soit ensemble, il faut qu'on soit ensemble… »

– Victor Prigent !

Victor ne put retenir un cri de joie : la femme aux cheveux noirs venait de l'appeler. Il courut vers Fanch qui l'accueillit avec une grande claque sur l'épaule.

– On a eu chaud, annonça Fanch. Regarde : les autres de Kermonac'h sont dans des classes différentes.

Victor observa les groupes qui se constituaient. Dans leur propre classe, beaucoup semblaient se connaître. Ils remarquèrent une fille aux cheveux roux qui se tenait à l'écart, la mine boudeuse. À tous les coups, elle avait été séparée de ses amies.

– Ah, Fanch, je ne sais pas ce que j'aurais fait si on n'avait pas été ensemble.

– Eh bien, moi, si : j'aurais carrément déprimé.

La grande femme brune se présenta sous le nom de madame Olier. Elle était à la fois leur enseignante de français et leur professeur principal. Elle les entraîna au pas de course dans une visite sommaire de l'établissement.

– J'ai pas bien compris : c'est notre prof de français ou de sport ? ironisa Fanch en soufflant.

– Elle nous prépare à courir après les bonnes notes, se moqua Victor.

– Hé ! Vous êtes des rigolos tous les deux ! Je m'appelle Léonie. Vous venez d'où ?

La fille rousse les avait rejoints. Elle était plutôt grande, paraissait énergique et leur souriait largement ; un grand sourire carnassier. Victor remarqua seulement ses innombrables taches de rousseur et ses grands yeux verts.

– En quoi ça te regarde ? répondit Fanch d'un ton peu amène.

– On est nouveaux tous les trois. On fait connaissance !

– Il y a plein d'autres nouveaux ici, poursuivit Fanch en la toisant.

– C'est vrai. Mais vous avez l'air plus sympas que les autres.

– Ouais, ben, c'est juste un air.

Le visage de Léonie s'assombrit. Victor décida d'intervenir. Après tout, cette fille ne leur avait rien fait. Rien en tout cas qui méritait les remarques agressives de Fanch.

– Je m'appelle Victor. Lui, c'est Fanch, mon meilleur ami. On vient de Kermonac'h.

Fanch soupira mais Léonie retrouva son sourire.

– La chance ! Moi je suis nouvelle, j'ai déménagé cet été. Je n'ai pas encore d'amis. À la réflexion, je n'en avais pas non plus avant.

– Pas d'amis ? l'interrompit Victor.

– C'est pour ça que tu sautes sur tous les inconnus que tu croises ? ironisa encore Fanch.

Léonie lui jeta un regard noir.

– Peu importe. Tout ce que je sais, c'est qu'ici non plus je ne suis pas près de m'en faire.

– Ah, bon ? s'étonna Victor.

– C'est parce qu'elle est rousse, souffla Fanch à l'oreille de Victor. Les roux portent malheur, c'est bien connu...

– J'ai tout entendu ! grimaça Léonie. Non, rien à voir avec mes somptueux cheveux roux.

– Au secours, soupira encore Fanch.

– C’est la rumeur, lâcha mystérieusement la jeune fille. Elle court déjà.

– Quelle rumeur ? demanda Victor, réellement intrigué.

– Je suis la fille du principal. Personne n’aime la fille du principal.

Fanch et Victor se regardèrent. Ils ne s’attendaient pas à ça. Ni à l’intonation désespérée que Léonie avait mise dans son aveu et qui ébranlait son assurance bravache. Madame Olier mit fin à la conversation en les rappelant à l’ordre parce qu’ils traînaient derrière.

– La fille du principal ? glissa discrètement Victor à son ami tandis qu’ils couraient pour rejoindre la classe. Vraiment ?

– Ils sont roux tous les deux.

– Mais elle a plus de cheveux que son père ! Elle est aussi plus sympa.

– Victor... C’est une fille ! Tu t’imagines ? Est-ce qu’elle connaît au moins *Kill the Zombies* ? Est-ce qu’elle possède un superpouvoir ?

– Peut-être. On n’en sait rien.

– Eh bien, si elle en a un, c’est celui d’être super flippante.

– Tu exagères, Fanch. Elle a surtout l’air d’être seule. Seule à faire peur.

4

FAIRE PEUR

Le cours de madame Olier n'en fut pas vraiment un. Leur professeure leur expliqua ce qui allait changer pour eux par rapport à l'école primaire et fit un point sur le programme qu'ils aborderaient durant l'année. Elle répondit également à quelques questions, avec patience et bonne humeur. Sa voix était forte, son attitude autoritaire, mais elle dégageait une sorte de gentillesse qui acheva de tous les rassurer. Les deux heures passèrent assez vite et se terminèrent par un long questionnaire dans lequel les élèves étaient invités à évoquer leur situation familiale, leurs goûts, et à mentionner le métier qu'ils voudraient faire plus tard. Victor y répondit machinalement. À la question : « Profession de la mère », il avait écrit : « Ma mère est morte. » Quatre mots tout simples ; quatre mots terribles. Il avait hésité à mettre : « Ma mère me manque », quatre mots aussi, tout aussi vrais, mais qui lui appartenaient, à lui et à lui seul. Le reste du questionnaire était sans intérêt. Dès qu'il pensait à sa mère, c'était la même chose. La lumière s'éteignait et le monde se retrouvait plongé dans la pénombre, dans une grisaille qui estompait le moindre relief.

– J'ai mis que je voulais être inventeur de jeux vidéo, annonça Fanch à Victor, tandis qu'ils traversaient côte à côte la grande cour du collège. Et toi ?

– Je ne sais plus.

Fanch comprit aussitôt ce qui chagrinait son ami. Victor était pour lui comme un livre ouvert. Il retint un soupir et se força à paraître enjoué.

– Bah, ce n'est qu'une feuille de papier. Elle terminera dans un tiroir, chez le principal, et personne ne la regardera jamais. Concentrons-nous plutôt sur le positif : on est libres pour le reste de la journée ! Tu veux qu'on aille chez moi ? J'ai la mise à jour de *Kill the Zombies* !

– C'est vrai ? J'adore *Kill the Zombies* ! Je peux venir aussi ?

Léonie avait déboulé sur eux à la manière d'une tornade. Victor jeta un regard moqueur à Fanch, qui se retint de rembarrer la furie rousse parce qu'elle venait, sans le savoir, de détourner son ami de son chagrin.

– Tu sais, on n'habite pas Plouermor…

– Tu me l'as déjà dit, vous êtes de Kermonac'h.

– Il faut une carte de bus…

– J'en ai une.

– Et que tes parents soient d'accord.

Cette fois, Léonie mit un peu plus de temps à répondre.

– Je peux toujours leur demander.

Victor fut une nouvelle fois saisi par la tristesse avec laquelle elle avait prononcé ces mots. Fanch aussi la perçut car il ne fit aucun commentaire.

– Le bus s'en va dans vingt minutes, dit-il simplement, presque gêné.

– Ah… C'est pas grave, répondit Léonie avec un sourire forcé, je viendrai une autre fois.

Léonie s'éloigna sans en avoir vraiment envie, en traînant les pieds.

– Tu vois, glissa Victor à Fanch quand ils furent de nouveau seuls, elle joue à *Kill the Zombies* !

– Ouais, grommela Fanch, mais ça reste une fille. Et elle n'a pas de superpouvoir.

Ils atteignirent le préau qui bordait la cour et permettait aux collégiens de s'abriter de la pluie. Soudain, un groupe d'élèves surgirent de derrière les piliers en béton pour les encercler. Des grands de troisième. L'un d'eux fit un pas en avant, en jetant des regards alentour pour s'assurer qu'ils étaient seuls.

Un garçon grand et mince, aux cheveux sombres mi-longs et aux yeux brillants de méchanceté.

– Salut, les nouveaux ! Je m'appelle Gus.

– Qu'est-ce que vous voulez ? demanda Fanch en se plaçant instinctivement devant Victor.

Victor hésita à le pousser. Il n'avait pas besoin d'un chaperon. Malgré tout, c'était rassurant d'avoir Fanch avec lui.

Gus, lui, se mit à rire, imité par ses comparses.

– Rassure-toi, le gros. On ne vous veut pas de mal. Au contraire ! On est là pour vous protéger.

– Nous protéger ? s'étonna Victor. Mais de qui ?

Nouveaux rires de la bande.

– Vous êtes trop drôles, vous les nouveaux, aboya Gus. Vas-y, Léna, dis-lui.

Une fille élancée aux longs cheveux châtains, au visage en lame de couteau et aux yeux trop rapprochés, prit la parole. Sa voix était désagréable, comme un miaulement de chat enrhumé.

– De nous. Vous protéger de nous. Chaque semaine, vous nous apporterez de l'argent pour qu'on vous laisse tranquilles.

Fanch et Victor étaient estomaqués.

– Mais c'est du racket ! s'offusqua Victor.

– Appelle ça comme tu veux, le nain, dit Gus d'une voix calme. La seule chose qui compte, c'est l'argent que vous nous donnerez tous les lundis.

– Et si on refuse ? rétorqua Fanch crânement.

Gus s'approcha de lui et le gifla.

– Alors, ça ne se passera pas bien pour vous.

Fanch posa sa main sur sa joue brûlante. Il n'avait rien vu venir. Victor se jeta sur Gus en criant :

– Salaud ! Tu as frappé mon ami !

Surpris par l'attaque, Gus encaissa le premier coup maladroit de Victor. Il le repoussa violemment et le garçon tomba en arrière sous les rires de la bande. Fanch prit alors son élan et s'élança à son tour contre le chef des racketteurs. Malheureusement pour lui, la fille qui s'appelait Léna lui fit un croche-patte et Fanch alla rejoindre Victor sur le sol.

– Je crois que ces deux-là méritent une leçon, annonça Gus en s'approchant d'eux et en leur donnant des coups de pied. Il faut faire un exemple !

Le reste de la bande rejoignit son chef pour participer à la curée.

– Ça suffit !

C'était Léonie qui avait crié. Mains sur les hanches, elle paraissait très, mais alors très en colère.

– Laissez mes amis tranquilles !

Victor vit Gus hésiter et les autres élèves reculer prudemment.

– Vous savez déjà qui est mon père, hein ? Est-ce que je dois aller le chercher ?

Gus renifla en faisant signe aux autres de reculer.

– Tu crois que j'ai peur de lui ?

– Oui.

Léonie le toisait d'un air de défi. Avec ses cheveux roux en bataille, on aurait dit une gorgone ou une déesse de la guerre.

– Allez, dégagez ! Et si vous vous en prenez encore à eux, vous le regretterez.

La bande s'éparpilla. Gus cachait mal son aigreur. Il pointa un doigt sur Léonie.

– Ton père ne sera pas toujours là pour te protéger, cracha-t-il avant de disparaître.

Léonie se précipita vers Victor et Fanch.

– Ça va ?

– J'ai l'impression d'avoir été piétiné par un troupeau de vaches, grimaça Victor.

– J'ai bousillé mon tee-shirt neuf ! pesta Fanch. Ma mère va me tuer.

Ils se relevèrent et époussetèrent leurs vêtements.

– Léonie... commença Fanch en se grattant la tête. Merci. Tu nous as sauvés.

– C'est rien, répondit-elle en rougissant.

– Tu as été génialissime, continua Victor. Ces salauds n'en menaient pas large.

– Arrête, je n'ai rien fait !

– Tu rigoles ? Tu n'as pas lu l'angoisse dans leurs yeux ? Tu leur as flanqué une de ces frousses !

– Pas moi. Mon père. Je vous ai prévenus, la rumeur…

– Quelle importance ? dit Fanch. C'est toi qui les as fait partir, personne d'autre.

Léonie se mordilla les lèvres.

– Mon père fait peur à tout le monde. Je suis condamnée à ne pas avoir d'amis.

Victor et Fanch se regardèrent, puis sourirent d'un air entendu.

– Nous, on n'a peur que d'une seule chose… commença Fanch.

– C'est que le ciel nous tombe sur la tête ! termina Victor, déclamant sa réplique dans une scène bien rodée qu'il n'avait jamais eu autant de soulagement à jouer.

Victor tendit sa main devant lui, paume vers le haut. Il fit signe à Léonie de poser la sienne dessus. Elle s'exécuta lentement, comme si elle avait du mal à y croire. Fanch compléta la pyramide en mettant sa main sur les deux autres.

– « On n'est pas des chacals ! » lança Victor.

– « Amitié totale ! » répondit Fanch.

– Ça veut dire quoi ? demanda Léonie interloquée.

– Ça veut dire qu'à partir d'aujourd'hui, on est amis, répondit Victor.

– Pour de vrai ?

– Pour de vrai, confirma Fanch. Tu nous as sauvés de ces malades. Et c'est pas grave que tu sois une fille si tu aimes *Kill the Zombies*…

Le visage de Léonie se métamorphosa. Les deux garçons crurent qu'elle allait se mettre à pleurer. Mais elle se maîtrisa et la joie fit simplement briller un peu plus ses yeux.

– Sans oublier, ajouta Victor en hochant gravement la tête, que tu as un superpouvoir.

– Comment ça ?

– Tu es capable d'invoquer un puissant démon.

– Je ne comprends rien.

– Une autre fois, répondit Fanch. On va finir par rater le bus. Je ne tiens pas à rentrer à Kermonac'h à pied.

– C'est quoi, cette histoire de pouvoir ? Vous m'expliquerez, hein ? J'ai envie de savoir !

5

ENVIE DE SAVOIR

Victor avait finalement décliné l'invitation de Fanch. Les zombies allaient pouvoir souffler. Il s'était dit qu'il devait au moins à son grand-père un compte rendu de sa rentrée ; celui-ci l'écouta avec plaisir raconter sa matinée devant le chocolat chaud qu'il lui avait préparé, souriant de ses efforts pour parler tout en mâchant une énorme tartine. Lorsque Victor mentionna en détail l'agression dont Fanch et lui avaient été les victimes, l'ancien soldat fronça les sourcils.

– Le monde ne change pas, on dirait, grogna-t-il. Il y a toujours des petits malins qui essayent de profiter des autres.

– Tu ne diras rien au collège, hein, Grand-père ? s'inquiéta Victor.

– Non, bonhomme, ne t'inquiète pas. Ça risquerait d'empirer les choses. Et puis tu te débrouilles très bien tout seul, on dirait.

– Je ne suis pas tout seul : il y a Fanch. Et puis maintenant, cette fille, la rousse dont je t'ai parlé, celle qui nous a sauvés. Léonie.

– Bien sûr. Les amis, mon grand, c'est ce qu'il y a de plus précieux au monde.

Victor faillit répliquer que ce qu'il y avait de plus précieux au monde, un chauffard le lui avait enlevé, mais il se retint car il savait que cela déplairait à son grand-père. Le vieil homme fit semblant de ne pas remarquer les émotions qui agitaient son petit-fils.

– Cette Léonie a l'air d'être un sacré bout de fille, continua-t-il.

– Alors ça, c'est vrai ! Au début, Fanch ne l'aimait pas trop, mais moi, je l'ai tout de suite trouvée chouette.

– C'est parce que Fanch a peur que tu l'abandonnes. Que tu le remplaces par quelqu'un d'autre.

– Jamais je ne le laisserai tomber, se récria Victor. Pourquoi est-ce qu'il pense ça ?

– La peur, c'est quelque chose qu'on a du mal à maîtriser, mon grand. Mais Fanch a prouvé en acceptant Léonie qu'il avait bon cœur. Et qu'il te faisait confiance. Les vrais amis sont rares. Essaye de ne pas les décevoir.

– C'est promis, Grand-père.

Ils restèrent un moment silencieux. Victor termina

son bol bruyamment, sous le regard amusé du vieil homme.

– Tu as des amis, toi, Grand-père ? Je veux dire, des amis comme Fanch ?

– J'ai eu des amis comme ça, répondit-il en hochant la tête. Ils sont… ils ne sont plus là.

– Tu veux parler des amis de l'époque où tu étais dans l'armée ?

– Oui. J'ai Lomic aujourd'hui, tu sais, le patron du chalutier qui nous a emmenés à la pêche cet été. Mais ce n'est pas pareil.

Victor vit bien que son grand-père rechignait à répondre et il n'insista pas. Sa mère lui avait raconté qu'il était parti se battre dans des pays étrangers. Victor avait du mal à imaginer cet homme si gentil, si patient et si doux, faisant la guerre. Mais peut-être que c'était justement à cause de ces guerres qu'il était comme ça maintenant. Le vieil homme se leva, interrompant la réflexion de Victor.

– Viens, bonhomme, je vais te montrer quelque chose.

Grand-père le conduisit à l'étage, dans la pièce en face de la sienne, à l'autre bout du couloir. Celle où Victor n'entrait jamais parce qu'il n'y avait jamais été invité. Du coup, il était dévoré par la curiosité. Le mystère allait enfin se lever !

La chambre de son grand-père était simple : un

lit, une vieille armoire et une commode sculptée. Des photos étaient accrochées sur les murs couverts d'une tapisserie aux couleurs passées, d'autres simplement posées sur le meuble ouvragé. Le vieil homme en prit une, sur laquelle on distinguait cinq jeunes soldats prenant la pose en souriant, bras dessus bras dessous.

– Voilà Gaby… Là, Tonio… Ici, c'est Louis… Et Gégé…

– Ici, c'est toi, non ?

– Il y a longtemps.

– Tu ne portais pas de bonnet à l'époque. À part ça, Grand-père, tu n'as pas changé !

– C'est gentil, bonhomme. Mais ce n'est pas vrai. Tout a changé. Et ces hommes ne sont plus que des fantômes sur une photo.

– C'était où ?

– Au Liban. Un pays baigné par une autre mer, la Méditerranée.

– Tu as été dans beaucoup de pays ?

– En Irak. En Bosnie. Je ne sais pas si ces noms te disent quelque chose. Je te raconterai un jour, devant une carte du monde. Mais pas maintenant.

Il reposa la photo à côté d'un poignard qui impressionna Victor.

– C'est le même couteau que tu as sur la photo !

– Avec la sacoche que je t'ai donnée et quelques

médailles qui prennent la poussière dans un tiroir, c'est le seul souvenir qui me reste de cette époque.

Puis le regard de Victor repéra une autre photo parmi celles qui étaient piquées au mur. Le vieil homme s'en aperçut et devança la question du garçon.

– C'est ta grand-mère, quand elle était jeune.

Il la décrocha et la tendit à Victor dont la gorge s'était brusquement serrée.

– Elle est très belle. Sur cette photo, elle ressemble à…

– Oui, dit le vieil homme en posant une main sur l'épaule du garçon. Ta mère lui ressemblait beaucoup. Elles me manquent toutes les deux, terriblement. Ne crois pas être le seul à avoir du chagrin. Je sais ce que tu ressens parce que je ressens la même chose. La maladie a pris ma femme quand ta mère était une enfant; un accident a pris ma fille alors que toi aussi, tu étais bien trop jeune.

Victor se mit à pleurer. Son grand-père se pencha et le prit contre lui. Il s'abandonna aux bras encore puissants.

– Elle me manque, Grand-père. Elle me manque tellement… que je voudrais mourir.

– Chut, bonhomme, ne dis pas de bêtises. Je n'ai plus que toi maintenant. On veille l'un sur l'autre, pas vrai?

Victor acquiesça dans un reniflement. Le vieil homme décida qu'ils avaient consacré assez de temps à la tristesse.

– Il est temps de redescendre et de laisser le passé tranquille. Tu as envie qu'on aille se promener sur la plage ? L'air marin nous fera du bien à tous les deux !

Le garçon hocha la tête, encore incapable de parler. Il mit sa main dans celle de son grand-père et ils quittèrent la chambre sans faire de bruit.

6

SANS FAIRE DE BRUIT

Victor sortit précipitamment des toilettes. Il était en retard. Le cours de mathématiques avait sûrement déjà commencé. Il passait beaucoup trop de temps dans cet endroit… Oh, il n'avait pas mal au ventre, ni la vessie trop petite, rien de tout ça ! C'était juste qu'ici, il pouvait pleurer tranquillement. Laisser libre cours à son chagrin. Cet accablement s'était accentué ces derniers temps. Particulièrement, depuis l'épisode de la photo de sa grand-mère. La tristesse de son grand-père à ce moment, en s'ajoutant à la sienne, avait rompu une digue. Pourquoi ces choses arrivaient-elles ? Est-ce que quelqu'un, quelque part, décidait sur un coup de tête de faire mourir les gens qu'on aimait ? Quel était le sens de tout ça ? Il était parvenu, après bien des questionnements, à la conclusion que rien ni personne ne pouvait volontairement causer autant de souffrance.

Dans un livre sur la mythologie offert par sa mère, Victor avait découvert que les gens, il y a longtemps, croyaient que leur vie reposait entre les mains de trois vieilles femmes qui filaient et tissaient le destin de toutes les créatures vivantes, même des dieux, dans une indifférence totale, sans aucune préméditation. Curieusement, cette idée apaisait le garçon.

Il traversa la cour du collège, déserte, se hâtant vers la salle de classe de monsieur Floch. Alors, comme dans un cauchemar, Gus et sa bande surgirent de l'ombre du préau.

« C'est pas possible, gémit intérieurement Victor. Comment ils font ? Ils habitent là ? Ils utilisent une faille spatio-temporelle ? »

Tandis que la silhouette dansante de Gus se dirigeait droit sur lui, Victor regrettait de s'être attardé si longtemps aux toilettes. Voilà qu'il se retrouvait à la merci de ces brutes ! Depuis leur première confrontation, au cours de laquelle Léonie leur avait sauvé la mise, Fanch et lui s'étaient employés à soigneusement les éviter. Cette fois, il aurait du mal à leur échapper. Son cœur se mit à battre plus fort. Il envisagea un instant de se mettre à courir, mais c'était trop tard, ils arrivaient. Victor s'arrêta au beau milieu de la cour.

– Voilà notre ami, lança Gus avec un sourire mauvais.

Puis il fit semblant de chercher quelqu'un alentour.

– Je ne vois pas le gros lard avec qui tu es toujours fourré, ni la fille à papa derrière qui vous vous cachez. Au secours, Léonie, se moqua Gus en contrefaisant la voix de Victor, il y a des méchants garçons qui nous embêtent !

Victor serra rageusement les poings. Léna s'en aperçut.

– Regarde ça, Gus, s'exclama-t-elle. Notre roquet est en colère !

– Eh bien, Victor, tu veux te battre contre nous ?

– Je veux que vous me laissiez tranquille ! Je ne vous ai rien fait.

Il ne sut pas parer la gifle que Gus, c'était sa désagréable spécialité, lui asséna.

– Ne dis pas de bêtises, morveux. Tu nous dois deux semaines de paiement pour notre protection. Et ton gros lard de copain aussi. Tu as l'argent sur toi ?

– Je n'ai pas d'argent, gronda Victor, désespéré de se sentir impuissant. Mon grand-père dit que ça ne me servirait à rien de vous payer. Que vous en voudriez toujours plus.

– Ah oui, ton grand-père, se moqua Gus. Il paraît que tu es orphelin. Ils ne te manquent pas trop tes parents ?

Dans un hurlement, Victor se précipita sur Gus, les poings en avant. Il fut stoppé net par une seconde baffe qui le sonna.

– Tu te prends pour qui, hein ? lui dit Gus durement. Tu es un nain, face à de puissants guerriers.

« Face à d'immondes orques », rectifia silencieusement Victor en défiant son tortionnaire du regard. Comme prix de son insolence, il reçut une troisième gifle qui fit jaillir des larmes de ses yeux et le projeta au sol.

– Tu crois qu'on va vous oublier, le gros lard et toi, parce que la rouquine nous menace avec son paternel ? Je te laisse jusqu'à la semaine prochaine pour m'apporter l'argent. Tu vois, ton grand-père a tort, l'argent te servira à quelque chose : éviter des baffes. Et ne m'oblige pas à venir te le redemander.

Ils s'éloignèrent en rigolant, les garçons mimant les gifles de Gus, Léna imitant Victor en train de pleurnicher. Le garçon s'abandonna à sa douleur. Ses joues le brûlaient. Et plus encore, sa fierté. Un profond sentiment d'injustice l'envahit. Il hoqueta. Que pouvait-il faire ? Est-ce qu'il devait s'ouvrir de sa détresse à son grand-père ? Demander un rendez-vous au père de Léonie ? Le visage rond de Fanch fit une apparition dans son esprit. Fanch, évidemment ! Oui, il parlerait à son ami. Ils mettraient au point un plan. Quand ils discutaient de quelque chose tous les deux, ils trouvaient toujours une solution. Fort de cette résolution, il essuya ses larmes et se releva en grimaçant, les genoux écorchés. Il reprit le chemin de sa classe en boitillant. Au moins, il n'aurait pas de mal à faire croire à une chute dans la cour pour justifier son absence.

7

SON ABSENCE

Fanch profita de ce que madame Olier écrivait au tableau pour se tourner une nouvelle fois vers Victor. Depuis quelques jours, son ami n'allait pas fort. Plus précisément, depuis la fois où il était arrivé en retard en cours, en boitant, les joues en feu. Fanch avait jusque-là toujours réussi à le tirer de ses sombres pensées, grâce au jeu ou à des discussions enfiévrées, mais à présent, c'était différent. La tristesse, qui rôdait autour de son ami, semblait s'être emparée pour de bon de lui. Le harcèlement auquel les soumettaient Gus et sa bande en était certainement la cause. Fanch ne savait plus quoi faire. Ils avaient échoué à trouver une solution à ce problème qui leur pourrissait insidieusement la vie. Fanch avait proposé de voler de l'argent à ses parents pour calmer Gus, mais Victor avait refusé, choqué qu'il puisse seulement en avoir l'idée.

Victor finit par s'apercevoir que Fanch l'observait. Il lui sourit mécaniquement. Fanch lui adressa quelques grimaces qui transformèrent le sourire forcé de Victor en un vrai bon sourire. Quel pitre quand il le voulait !

– Fanch ! Mon cours ne t'intéresse pas ? Tu veux que je t'envoie faire tes grimaces devant le principal ?

Un rire discret parcourut la classe et Fanch, rouge comme une pivoine, reprit son sérieux en secouant la tête. Madame Olier ne l'avait pas rappelé à l'ordre méchamment. Elle avait sa manière bien à elle de se faire respecter, sans jamais élever la voix. L'aspect autoritaire de cette femme au maintien raide contrastait avec la bienveillance dont elle faisait preuve avec les élèves. Ce qui ne l'empêchait pas d'être exigeante et d'attendre d'eux un véritable travail. L'intervention de madame Olier tira Victor de ses pensées et il se remit à l'écouter, d'autant plus facilement que le sujet du cours était vraiment intéressant.

– Bien, maintenant que j'ai votre attention, revenons à nos légendes bretonnes et à la première d'entre elles. De qui est-ce que je veux parler ? Je vous donne un indice : il ne sort jamais sans sa faux…

Des exclamations étouffées accueillirent la devinette. De nombreuses mains se levèrent dans la classe, dont celle de Fanch.

– L'Ankou ? répondit la jeune fille à qui madame Olier avait donné la parole.

– Exactement. L'Ankou, aussi appelé « père de la douleur ». Eh bien, j'ai une classe qui sait déjà beaucoup de choses !

Certains élèves rougirent de plaisir sous le compliment. Madame Olier fronça les sourcils en voyant Victor lever la main.

– Madame, c'est qui l'Ankou ?

– Ah oui, Victor, c'est vrai que tu n'es en Bretagne que depuis l'année dernière. Qui veut répondre à Victor ? Sterenn ?

– C'est la Mort, madame.

– Tu as presque raison. L'Ankou n'est pas la mort elle-même, mais son serviteur : son rôle est de collecter les âmes des défunts. Anatole Le Braz, l'écrivain breton qui a donné son nom à notre collège et qui a travaillé sur de nombreuses légendes, l'appelle « l'ouvrier de la mort ». Imagine, Victor, un vieil homme très grand et très mince recouvert d'un linceul noir, tenant dans sa main une faux avec laquelle il moissonne les vies, juché sur une charrette grinçante tirée par un cheval couleur de nuit dans laquelle il entasse les morts...

Victor écoutait madame Olier, bouche bée, parcouru de frissons. Elle avait de réels talents de conteuse, et d'ailleurs, toute la classe était sous le charme.

– Où est-ce qu'il va avec les morts ? demanda encore Victor.

– Où est-ce qu'il va ? répondit théâtralement la professeure de français. Mais au Pays des morts bien sûr ! En plein cœur des monts d'Arrée, où les âmes des trépassés errent entre les marais, les ruisseaux et les tourbières, dans tous les recoins obscurs qui entourent la bouche de l'enfer, dans laquelle ils finissent par se jeter…

Quelques applaudissements timides saluèrent la performance de madame Olier qui à présent souriait franchement. Victor ne se joignit pas à l'enthousiasme de la classe. Son esprit était parti ailleurs, du côté de ce Pays des morts sur lequel régnait l'Ankou. Où sa mère errait parmi des milliers d'autres. Sa tristesse avait laissé place à une énorme excitation. Il était à deux doigts de comprendre le mystère.

8

COMPRENDRE LE MYSTÈRE

– Ah ! Salut, Fanch. Ça va ?

– Salut, Léonie. Tu n'es plus malade ?

Léonie était restée absente trois jours, à cause d'un mal de ventre ou de gorge, Fanch ne s'en souvenait plus. De toute façon, les pensées du garçon étaient occupées par autre chose. Mais l'apparition de cette fille un peu bizarre, devenue si rapidement leur amie, l'apaisa. Il lui sourit donc, en même temps qu'il prit conscience de la stupidité de sa question. Léonie ne rata pas l'occasion de se moquer de lui.

– Je suis guérie. Comme tu peux le voir, Sherlock Holmes, puisque je suis de retour ! Victor n'est pas avec toi ?

– Sujet brûlant… Non, en ce moment, il est toujours fourré au CDI. Ça en devient pénible.

La pause de midi touchait à sa fin. Sitôt son repas

terminé, Fanch était venu s'installer sur un muret à proximité du bureau des surveillants. C'était là qu'il attendait la reprise des cours, une ruse mise au point avec Victor pour ne pas croiser la bande de Gus. Là également que Léonie l'avait trouvé. Elle s'assit à côté de lui.

– Victor se réfugie au CDI pour éviter Gus ?

– Non. Pour ça, on a cet endroit, répondit Fanch en tapotant le muret du plat de la main. C'est autre chose… Depuis le cours de madame Olier sur l'Ankou, il est excité comme une puce. On ne joue plus ensemble. C'est à peine si on échange trois mots dans le bus. Il est toujours fourré dans des livres et dans un carnet qu'il remplit de notes. Et quand je lui pose des questions, il ne répond pas et prend un air mystérieux. C'est comme si on était devenus des étrangers l'un pour l'autre !

– Tu n'exagères pas un peu ?

– Peut-être. Mais il y a quelque chose qui ne tourne pas rond chez lui, en ce moment.

Léonie fronça les sourcils devant la détresse sincère de Fanch.

– Tu l'as déjà accompagné au CDI ?

– Hein ? Pourquoi ?

– Pour découvrir ce qu'il fabrique, pardi.

– Euh, non.

Elle leva les yeux au ciel.

– Mon Dieu que les garçons sont idiots… Allez, viens !

– Où ça ?

– Grouille, andouille !

Fanch maugréa mais suivit quand même Léonie quand elle prit, à grandes enjambées, la direction du CDI.

Le documentaliste était un homme entre deux âges, un peu trop rêveur au goût du principal qui aurait préféré un profil d'animateur, un organisateur d'ateliers branchés, un communicant ouvert sur le monde. Monsieur Lhermet se contentait d'offrir aux élèves un espace douillet, feutré, propice à la lecture et au travail personnel. Chose étonnante, son CDI ne désemplissait pas.

Fanch et Léonie poussèrent la porte sans faire de bruit. Le documentaliste ne leva même pas le nez de l'ouvrage dans lequel il était plongé. Ils trouvèrent Victor devant un ordinateur, immergé dans le Net.

– J'en étais sûr, murmura Fanch catastrophé. Il joue en ligne avec des inconnus !

Ils s'approchèrent. Fanch eut le temps d'apercevoir sur l'écran une carte de la Bretagne qui n'appartenait à aucun jeu identifiable et il en ressentit un vif soulagement. Lorsqu'il se rendit compte de leur présence, Victor éteignit précipitamment l'écran.

– Salut, Victor, chuchota Léonie.

– Salut… Qu'est-ce que vous faites là ? répondit Victor sur le même ton.

– On vient voir un ami. On n'a pas le droit ?

– Si ! Bien sûr ! Mais…

– Mais quoi ? lâcha enfin Fanch. Ça fait des jours que je te cours après. Et toi, tu disparais, tu rumines, tu t'enfermes avec des livres. Et maintenant, Internet ?

– Mais non… bredouilla Victor. Pas du tout ! C'est juste que…

– Juste quoi ? insista Léonie.

– Je peux pas vous le dire.

Fanch et Léonie échangèrent un regard lourd de sous-entendus.

– Il s'est mis dans une sale affaire, soupira-t-elle.

– Ça y est, j'ai compris, s'exclama Fanch à voix basse. Il joue à des jeux d'argent pour récolter l'argent que nous réclame Gus.

– Hein ? Mais pas du tout ! protesta Victor éberlué.

– Ou alors, suggéra Léonie en se tapota les lèvres du bout du doigt, il cherche un tueur à gages pour éliminer toute la bande.

– Qu'est-ce que c'est que ce délire ?

– Mieux, continua Fanch : il est en contact avec un puissant sorcier pour qu'il exile Gus dans une autre dimension.

– Mais enfin, explosa Victor, vous allez arrêter ?

– Quand tu nous auras dit ce qui se passe, déclara Léonie en croisant les bras pour signifier qu'ils ne partiraient pas sans connaître le fin mot de l'histoire.

Victor observa attentivement ses amis et comprit qu'il ne s'en débarrasserait pas avec une pirouette.

– D'accord, je vais tout vous expliquer, concéda-t-il avec fatalisme. Mais pas ici.

Victor se leva, prit ses affaires et quitta le CDI, suivi par Fanch et Léonie, bien décidés à ne pas le lâcher d'une semelle.

– Alors ? Vas-y, raconte, le pressa Fanch une fois regagné le muret à bonne distance des oreilles indiscrètes.

– J'hésite encore. Vous allez me prendre pour un fou.

– Tu as promis.

– Je ne sais pas si…

– Bon, s'énerva Léonie, tu le craches, ton petit secret ?

– D'accord, d'accord !

Victor prit une profonde inspiration puis regarda ses deux amis bien en face.

– Je cherche un moyen pour me rendre au Pays des morts et ramener ma mère. Voilà, vous savez tout. Je n'ai rien d'autre à cacher.

9

RIEN D'AUTRE À CACHER

Les quelques mots de Victor, assénés le plus sérieusement du monde, laissèrent Fanch bouche bée. Léonie, elle, crut que leur ami se moquait d'eux. Puis, comprenant que Victor ne plaisantait pas, elle plissa les yeux, comme elle avait l'habitude de le faire quand elle réfléchissait.

– Le Pays des morts ? s'étonna-t-elle. Celui de l'Ankou ?

– Exactement, dit Victor. C'est le cours de madame Olier qui m'a donné cette idée. Depuis, je cherche des informations, des indices qui y conduisent. J'essaye de retracer le chemin emprunté par l'Ankou…

– Attends un peu, le coupa Fanch. Si je comprends bien, tu penses que l'Ankou existe ? Que les morts ont un pays ? Et qu'on peut s'y rendre en étant vivant ? Tu es sûr que ça tourne rond dans ta tête ?

– Il y a un héros de la mythologie grecque qui y est allé, fit remarquer Léonie. Orphée. Mais il avait une harpe magique. Et il n'a réussi à ramener personne.

– Voilà ! dit Fanch. Écoute un peu Léonie, Victor. Est-ce que tu as une harpe magique ? Non. Alors, laisse tomber tes idées saugrenues et redescends sur terre.

– Sur terre ? s'échauffa Victor. Où il y a Gus ? Où il n'y a plus ma mère ?

– Mais où il y a nous, dit Léonie en faisant une grimace.

Victor prit conscience qu'il était allé trop loin.

– C'est vrai, s'excusa-t-il piteusement. Heureusement qu'il y a vous. Et mon grand-père aussi. Je n'aurais pas dû dire ça, c'était stupide.

Léonie vola à son secours.

– Ne t'inquiète pas, on dit tous des choses qu'on ne pense pas. Mais Fanch et moi, on est là. Et toi, tu es là aussi. C'est ça le plus important, ne pas rester seuls !

La jeune fille s'assit sur le muret, soudain songeuse. Victor et Fanch la scrutèrent, intrigués par son brusque accès de tristesse.

– Vous ne pouvez pas savoir, se confia-t-elle.

N'avoir personne à qui parler pour de vrai. Personne d'autre que ses parents pour s'inquiéter quand vous n'allez pas fort. Et encore, les parents, ils ont du mal à comprendre. Ils voient les choses d'en haut. Et puis ils ont aussi leurs problèmes, il ne faut pas croire qu'on a moins de problèmes en grandissant, hein ?

Les deux garçons se contentèrent de hocher la tête. Comme Léonie n'attendait pas vraiment de réponse, elle continua, en tripotant ses cheveux roux.

– Tu vois, Fanch, c'était la première fois qu'on me proposait de jouer à *Kill the Zombies*. Victor… On ne m'avait jamais parlé aussi gentiment ! Et puis vous êtes drôles. Avec vous, j'ai envie de rire. De m'amuser. De délirer.

On ne l'arrêtait plus.

– Oh, bien sûr, mes parents se rendent bien compte que les autres ne veulent pas de moi. Qu'ils m'évitent. Ça n'a rien à voir avec mon père, au fond. J'entre tout juste au collège, c'est pas comme si j'avais toujours été la fille du principal ! Non, c'est comme ça depuis toujours. Je suis trop bizarre, voilà. Mes horribles cheveux roux n'arrangent rien. Alors mes parents sont toujours sur mon dos, ils veulent me protéger mais ils m'étouffent. Ils m'ont inscrite à un club de tir à l'arc. J'étais plutôt douée.

Mais là-bas non plus, rien à faire, impossible de me faire des copains. Enfin, ça, c'était avant que je vous rencontre… Maintenant, c'est comme si vous étiez mes amis depuis toujours.

Elle arrêta enfin son monologue décousu, sans oser regarder les deux garçons qui l'observaient en silence.

– Fanch et moi, on n'avait pas d'ami avant l'année dernière, dit doucement Victor. Pareil que toi. C'est notre point commun, la solitude. Mais maintenant, on est là chacun pour les deux autres.

– Il y a autre chose, ajouta Fanch après s'être raclé la gorge. Nous aussi, on nous trouve bizarres.

– Une bande d'amis bizarres, qui en avaient marre d'être seuls, résuma Victor.

Léonie tourna vers eux un regard suppliant. Ils sentirent qu'il fallait dire encore quelque chose. Heureusement, Victor eut un éclair de génie.

– Et puis tes cheveux ne sont pas du tout horribles, la rassura-t-il. Je les trouve même très jolis. Pas vrai, Fanch ?

– Vrai, acquiesça Fanch. Tu ressembles à une héroïne de manga.

Léonie quitta le muret, sauta sur ses pieds, remplie de nouveau de cette énergie qui les effrayait et qu'ils adoraient.

– Les amis sont la plus belle chose du monde,

dit-elle. Ils partagent tout. Même les choses débiles. Victor ! Fanch et moi, on ira avec toi au Pays des morts.

– Hein ? s'exclamèrent les deux garçons.

– Oui ! Quelle aventure géniale ! Elle colle parfaitement avec des amis bizarres.

– Ça y est, gémit Fanch, elle est devenue folle à son tour…

– Erreur, je ne suis pas folle du tout. Soit l'idée de Victor n'est qu'un rêve et on se sera bien amusés, soit elle est vraie.

– Et ?

– J'en sais rien, on verra à ce moment-là. Mais c'est super excitant, non ?

Fanch et Victor échangèrent un regard avant de battre en retraite.

– Que veux-tu qu'on réponde ? dit Victor. Quand tu as une idée dans la tête…

– Génial ! On commence quand ?

– Il faudrait que Victor nous montre d'abord ce qu'il a découvert, suggéra Fanch.

– Excellente idée, dit Léonie.

La sonnerie de reprise des cours les interrompit net.

– Ce ne sera pas avant lundi, s'excusa Victor. Demain, mon grand-père m'emmène aux coquillages. Je suis sûr qu'il connaît plein de choses sur l'Ankou.

– Tu vas lui parler de ton plan ? s'inquiéta Fanch.

– Bien sûr que non ! Ça doit rester un secret entre nous.

– En ce cas, approuva Léonie, d'accord pour lundi. Au CDI, à midi.

Ils étaient sur le point de partir quand Victor les retint encore un instant.

– Euh, les amis. Merci d'être là.

– Pas de quoi, répondit Fanch en le gratifiant d'une bourrade dans le dos.

– Si tu veux vraiment nous remercier, termina Léonie, commence par apporter des bonbons à la fraise, lundi. Quand on réfléchit, on a besoin de sucre.

– Écoute ce que dit Léonie ! approuva bruyamment Fanch. Cette fille est vraiment de bon conseil.

10

DE BON CONSEIL

La mer s'était retirée, laissant apparaître une longue langue de sable par-delà les rochers. Armés d'une pelle et d'un seau, Victor et son grand-père arpentaient la plage, attentifs aux signes de présence des coquillages que l'on appelle couteaux à cause de leur forme allongée et de leur coquille lisse. Un fin crachin les avait obligés tous les deux à revêtir un ciré par-dessus l'épais pull en laine qui les protégeait du froid. Le garçon aimait beaucoup ces moments. Son grand-père, qui ne parlait guère, souriait en attirant son attention sur des nuages amusants ou des vagues plus grosses que les autres. Sa parole, rare, livrait le nom d'un oiseau jouant dans le vent ou expliquait les mille petites choses des bords de mer. Du temps où la mère de Victor vivait encore, le vieil homme avait pris cette habitude de l'emmener avec lui dans ses escapades. Ils avaient renoué naturellement avec cette tradition quand Victor avait emménagé à Kermonac'h.

– Tiens, dit Grand-père en désignant deux trous en forme de huit dans le sable, il y en a un qui se cache là-dessous.

Victor prit la pelle et creusa sur une trentaine de centimètres. Le mollusque fouisseur était bien là. Il dépassait les dix centimètres réglementaires et Victor l'attrapa pour le mettre dans le seau.

– Il va falloir en trouver d'autres, bonhomme, si on veut manger aujourd'hui.

Le vieil homme connaissait une recette délicieuse pour préparer la chair blanche et goûteuse des couteaux, au four, avec de l'ail, du beurre et du persil.

– Tu les vois mieux que moi, Grand-père, soupira Victor.

– Parce que tu es dans la lune. Qu'est-ce qui te tourmente, mon grand ?

– Rien du tout, mentit Victor.

– Tu es sûr ?

– Oui. C'est juste que je repense au collège.

– Ah ?

– En particulier au cours de français. On est en train d'étudier les légendes bretonnes.

– C'est très bien, ça. Tout commence avec les légendes. Elles viennent avant l'Histoire.

– Tu en connais beaucoup ? Évidemment… Tu connais tout !

– Pas tout, répondit-il en riant et en secouant la tête. Mais plus que toi, c'est sûr. C'est à ça que ça sert d'être vieux ! Il faut au moins qu'il y ait des avantages. Par quelle légende avez-vous commencé ?

– L'Ankou…

Victor se tut. Ils marchèrent quelques instants en silence le long de la grève.

– C'est l'Ankou qui te fait peur ? demanda Grand-père.

– Non, se récria Victor. Enfin, si. Un peu.

– Tu as raison d'avoir peur, bonhomme.

– Enfin, je veux dire… L'Ankou ne me fait pas vraiment peur. Je sais bien qu'il n'existe pas.

Le vieil homme s'arrêta de marcher pour se tourner vers lui, le visage grave.

– Qu'en sais-tu ? Les légendes, ce sont peut-être les vérités d'hier tamisées par celles d'aujourd'hui. Et puis… je l'ai bien rencontré, moi, l'Ankou.

Victor resta pétrifié. Son grand-père baissa la voix.

– J'ai déjà entendu les grincements de sa charrette.

– Hein ? C'est vrai ? demanda Victor abasourdi.

– On ne voit jamais l'Ankou quand on est vivant.

On l'entend qui arrive, qui s'arrête, qui repart. Mais quand on est mort… L'Ankou s'approche, terrible, dissimulé sous un grand manteau plus noir que la nuit. Ses yeux brûlent d'une lueur infernale. Il s'approche et… il nous attrape pour nous emmener dans son royaume !

Victor poussa un hurlement. Son grand-père lui avait brusquement agrippé l'épaule. À présent, il riait, content de sa blague.

– Tu es bête, protesta Victor, soulagé néanmoins de le voir rire car son récit lui avait vraiment fichu la trouille.

– Dans mon enfance, les parents effrayaient les enfants avec l'Ankou. Ils s'en servaient pour avoir la paix, en les menaçant de l'appeler s'ils n'étaient pas sages.

– Chouette époque.

– Bah, les miens ont fait ça et je n'en suis pas mort.

– Très drôle.

Son grand-père redevint sérieux.

– C'est normal de craindre l'Ankou, mon garçon. Ton professeur t'a sûrement dit qu'*Ankou* signifie douleur et angoisse. Mais il ne faut pas simplement le craindre : il faut le respecter. Parce que ce mot veut aussi dire oubli. L'Ankou sert la Mort. Tout le monde a peur de la mort, tout le monde souffre à cause de la mort. Ceux qui meurent et ceux qui pleurent. Mais la mort délivre aussi. Elle délivre de la peur et des douleurs.

– Tu penses à Grand-mère quand tu dis ça, pas vrai ?

Il prit la main du vieil homme, qui serra fort la sienne en retour.

– Bien sûr. Elle a souffert de sa maladie. Et j'ai souffert de la voir souffrir. Quand l'Ankou est venu, on l'a accueilli tous les deux en ami.

Puis, conscient qu'il était temps d'alléger leur conversation, le vieil homme reprit sur un ton de confidence :

– Je vais te dire pourquoi l'Ankou existe. La vraie raison.

– Tu veux dire, en dehors de faire peur aux enfants ?

– Touché !

– Alors ?

– Il vient balayer le monde pour faire de la place aux vivants qui arrivent. Sinon, on marcherait les uns sur les autres.

Ils reprirent leur marche sur le sable. Victor observa son grand-père qui était reparti dans ses pensées. Plus les jours avançaient et plus il l'aimait. Comme celui-ci le lui avait confié l'autre jour dans sa chambre, devant les portraits des deux femmes qui comptaient tant pour eux, ils prenaient soin l'un de l'autre. Grand-père comme un adulte, lui comme un enfant, mais chacun indispensable. C'était ça l'essentiel, dont ses amis, Fanch et Léonie, se sentaient privés : compter vraiment pour quelqu'un, à chaque instant de la vie. Puis Victor se concentra sur la présence des couteaux dans le sable. Il avait obtenu suffisamment d'informations pour aujourd'hui au sujet de l'Ankou. Surtout, il commençait à avoir faim ! Le reste attendrait bien lundi et la discussion qu'il aurait avec Fanch et Léonie à propos du sauvetage de sa mère, d'un certain Pays des morts et d'un périlleux projet.

11

UN PÉRILLEUX PROJET

Le lundi suivant, comme prévu, Victor, Fanch et Léonie se retrouvèrent à midi au CDI sitôt leur repas avalé. La matinée leur avait semblé à tous les trois désespérément longue. Mais enfin, ils étaient installés à présent sur des fauteuils de lecture, à bonne distance de monsieur Lhermet qui, de toute manière, ne se préoccupait ni d'eux ni des autres élèves ; la réunion allait pouvoir commencer.

– Vite, implora Léonie qui était la plus impatiente des trois, raconte !

– Il n'y a pas grand-chose à ajouter à ce que je vous ai déjà dit, se lança Victor : je veux me rendre au Pays des morts, trouver ma mère et la ramener.

– Ça, on avait compris, grogna Fanch en piochant dans le sachet de bonbons à la fraise que son ami n'avait pas oublié d'apporter. Mais comment ? Où ? Quand ?

Victor sortit un carnet de sa sacoche.

– Je le reconnais, dit Fanch. Tu n'arrêtes pas d'écrire dedans.

– Exact. Je note tout ce qui peut être utile à l'expédition.

– Cool, commenta Léonie.

Victor ouvrit le carnet et le posa par terre pour que ses amis puissent mieux voir.

– J'ai d'abord cherché des informations sur le chemin qui conduit au Pays des morts.

– Et alors ? Tu as trouvé ?

– Rien du tout.

– Ça commence bien.

– Pas de mauvais esprit, Fanch, le gronda Léonie. Je suis sûre que Victor a résolu le problème.

– D'une certaine manière, hésita Victor.

– Qu'est-ce que tu veux dire ?

– Que ce n'est pas important de connaître le chemin si on a un guide.

Fanch fronça les sourcils.

– Un guide ?

– Tu ne penses quand même pas demander ta route à… un mort ? s'exclama Léonie. C'est ça ton plan, invoquer les morts ?

– Jamais de la vie ! se récria Victor.

Fanch ouvrit la bouche, tout pâle.

– Non ! Tu ne vas pas me dire que ton guide, c'est l'Ankou !

Léonie fixa Victor avec un regard interrogateur.

– C'est vrai ?

– Oui, avoua le garçon. Réfléchissez : quel meilleur moyen d'arriver au Pays des morts ?

– Mais comment ?

– Le plus simplement du monde, répondit Victor : en se cachant dans sa charrette.

Léonie secoua la tête.

– Tu veux faire semblant d'être mort ? Ça ne marchera jamais !

– Il veut faire du stop, railla Fanch.

– Pas besoin, expliqua Victor. Il suffit de grimper dedans sans qu'il s'en rende compte.

– De mieux en mieux.

Fanch prit une grande inspiration.

– D'accord. Admettons qu'on arrive à monter dans la charrette de l'Ankou. J'ai trois questions : d'abord, comment trouver l'Ankou puisque seuls les morts peuvent le voir ? Ensuite, qu'est-ce qu'on fera une fois au Pays des morts ? Enfin, comment est-ce qu'on en repartira ?

Le discours de Fanch fut suivi d'un long silence.

– Ce sont de bonnes questions, acquiesça Léonie. Est-ce que les réponses sont dans le carnet ?

– Pas toutes, reconnut Victor. Pour la première, je ne sais pas encore, je réfléchis. Pareil pour la troisième. Mais j'ai résolu la seconde.

Il ouvrit son carnet à la page centrale. Une carte y était dessinée, avec des éléments de relief et quelques symboles.

– Qu'est-ce que c'est ? demanda Léonie fascinée.

– C'est une carte du Pays des morts, annonça calmement Victor.

– Hein ??

– Je suis tombé dessus complètement par hasard, en fouillant sur Internet. Un blog tenu par une certaine Samantha Cupplewood.

– Connais pas.

– Je ne connaissais pas non plus, Fanch. Je crois que ce blog n'est pas très fréquenté, il n'y avait que cinq vues ! Mais j'ai découvert cette carte, dessinée par un homme qui est resté mort trois minutes avant d'être ramené à la vie par une équipe de médecins. Il s'appelait Bert et il a raconté une histoire incroyable sur son voyage dans les ténèbres. Évidemment, personne ne l'a cru. Il est mort, pour de bon cette fois, deux jours plus tard. Il reste heureusement cette carte qu'il a crayonnée sur le mur de sa chambre d'hôpital et que Samantha Cupplewood, qui était alors infirmière, a prise en photo.

– C'est génial, s'exclama Fanch enthousiasmé par l'anecdote. Il existerait donc une carte du Pays des morts et personne ne le saurait ?

– Disons plutôt que personne n'y croit sérieusement, corrigea Victor.

– Pourquoi on y croirait, à cette carte, nous ? dit Léonie.

– Parce que j'ai vérifié, asséna lentement Victor à son amie : la carte de Bert colle parfaitement à un morceau des monts d'Arrée. Rappelez-vous ce qu'a dit madame Olier : les légendes situent le Pays des morts à cet endroit.

Un silence accueillit la révélation de Victor.

– Tu as découvert autre chose sur le blog de madame Cupplewood ? demanda Léonie.

– Quand les gens partent en voyage, reprit Victor, ils emportent avec eux un guide de voyage. Bert, lui, n'a pas seulement laissé une carte… Il fredonnait une chanson en boucle. Samantha Cupplewood, l'infirmière curieuse, qui a eu la bonne idée de photographier la carte, a pris note de cette drôle de chanson. Elle l'a ensuite dévoilée sur son blog. Pour elle, ce chant contient des indications cachées à propos du Pays des morts. Tenez, le voilà :

Un jour dans son chariot l'Ankou te prendra,
Il t'emmènera près du chêne sans âge
Et aux deux bœufs il te donnera.
La vieille barque te déposera sur le rivage

Éclairé par sept soleils et mille fleurs de cent carats…

Grâce au rocher de Merlin, dessous les saxifrages,
Ta lame tu aiguiseras
Et les défunts fuiront le carnage.
Sur le dolmen de la montagne tu monteras…

Et toi petit enfant loin de ton village,
La lumière des lunes te sauvera
Si tu te laisses prendre aux pièges du marécage…

Près du gouffre de douleur le vent soufflera.
Les génisses arrêteront leur ouvrage
Et un vieux sanglier se réveillera.
Jusqu'aux pommiers sauvages
Il te conduira…

C'est alors qu'il te faudra du courage,
Car dix navires d'apparat
Et onze gardiens ivres de rage
Te chasseront en grognant, comme un scélérat…

Sèche tes larmes sur ton visage :
De la forêt pétrifiée la vache noire surgira.
Plante ta flèche dans son poitrail sauvage :

Le sang coulera et la trompe sonnera,
Annonçant comme un coup de tonnerre l'heure du grand voyage...

– Mouais... C'est pas hyper clair, commenta Léonie.

– Normal, c'est de la poésie, intervint Fanch. Bon, je résume : grâce à l'Ankou et à sa charrette, on entre dans le Pays des morts. Une fois sur place, on lui fausse compagnie et, avec le plan de Bert le Semi-Mort... Eh ! J'adore ce surnom ! On le garde ? Bref, avec son plan et sa chanson, on retrouve la mère de Victor et il ne reste plus qu'à prendre le chemin du retour.

– Dans les grandes lignes, rougit Victor, c'est à peu près ça.

– Il reste quand même deux questions à régler, rappela Léonie. Localiser la charrette de l'Ankou et ressortir du Pays des morts. Sans compter les problèmes secondaires, comme échapper à l'Ankou, passer inaperçus au milieu des morts ou bien trouver la mère de Victor... Et puis nos parents vont envoyer la police sur nos traces. C'est ce que feraient les miens, en tout cas, s'ils ne me voyaient pas rentrer.

– Ce n'est pas un problème, la rassura Victor. Bert n'arrêtait pas de répéter que...

– Bert le Semi-Mort !

– Bert le Semi-Mort, merci Fanch, a suffisamment

répété à tout le monde que son séjour là-bas avait duré trois longues années. Alors que, dans la réalité, trois minutes seulement s'étaient écoulées. Quelques jours au Pays des morts équivaudront pour nous à quelques secondes.

Fanch et Léonie restèrent pensifs, essayant de digérer les révélations de leur ami. Puis la sonnerie retentit. Victor ramassa son carnet.

– On continue à chercher des renseignements sur l'Ankou, chacun de notre côté. Je vous invite chez moi le week-end prochain, ça vous va ? On fera le point à ce moment-là.

Le ton de Victor était celui d'un chef. En tout cas, de quelqu'un qui était suffisamment décidé pour trois. Fanch et Léonie acceptèrent sa proposition, autant par curiosité de voir ce que les autres découvriraient que pour le plaisir de se retrouver ensemble.

– Victor ? dit Léonie en le retenant pas la manche. Tu crois que ton grand-père pourrait envoyer une invitation officielle à mes parents ?

– Bien sûr, la rassura Victor.

– Ça sera la première fois.

– La première fois que quoi ?

– Que je passerai un week-end entier hors de chez moi, en compagnie de mes amis.

– Alors, Léonie, on se débrouillera pour que ce soit un moment fantastique.

12

UN MOMENT FANTASTIQUE

La lettre transmise par le grand-père de Victor aux parents de Léonie suffit heureusement à les convaincre de laisser leur fille partir pour le week-end. Elle débarqua à Kermonac'h un peu avant midi, en même temps que Fanch qui, lui, était un habitué des lieux.

– Je suis content de te rencontrer, Léonie, lui dit Grand-père. Les amis de Victor sont ici chez eux.

– Merci, monsieur. Victor parle souvent de vous.

– En bien, j'espère.

– Il vous aime beaucoup.

– Ah, parfait alors ! Lavez-vous les mains : on passe à table dans un instant.

Le vieil homme les accueillit royalement, avec un assortiment de coquillages et de poissons qu'il avait pêchés lui-même. Il semblait plus heureux encore que son petit-fils de la venue des deux enfants.

– Pour le dessert, annonça-t-il, l'œil brillant, un kouign-amann préparé en votre honneur par Jeanne, notre voisine.

– Génial ! s'exclama Fanch.

– Il n'y a pas trop de sucre ni de beurre ? s'inquiéta Léonie.

– Ah que si, ma grande, répondit Grand-père. Je crois même que Jeanne double les doses.

– Parfait, soupira d'aise Fanch en tendant son assiette.

Le repas terminé, ils aidèrent à débarrasser la table. Puis le vieil homme les mit dehors, sous prétexte qu'ils étaient dans ses pattes. Les trois collégiens ne se firent pas prier.

– J'adore ton grand-père, dit Léonie tandis qu'ils faisaient route vers la côte qui se trouvait à dix minutes à travers champs.

– Il cuisine vachement bien, ajouta Fanch.

– C'est vrai, reconnut fièrement Victor, il est plutôt cool.

Ils jouèrent un moment sur les rochers surplombant la mer, s'imaginant tour à tour poursuivis par des zombies et pourchassant une bande d'orques. Dans leur compagnie imaginaire, Victor était le mage, invoquant de dangereux sortilèges ; Fanch un puissant guerrier maniant un lourd marteau de guerre ; quant à Léonie, son arc elfique ne manquait aucune cible. Fatigués, ils rentrèrent à Kermonac'h fort opportunément à l'heure du goûter.

– Vous vous êtes bien amusés ? demanda le vieil homme lorsque la petite bande fit irruption dans sa cuisine.

– On a mis en fuite un paquet de monstres, Grand-père, répondit Victor.

– Tant mieux. Venez vous asseoir, j'ai préparé du chocolat chaud bien crémeux.

– Vous êtes parfait, lança Léonie.

– Il reste du kouign-amann ? demanda Fanch.

– Non, je crois que tu as mangé la dernière part. Mais Jeanne m'a également donné un far aux pruneaux dont tu me diras des nouvelles.

– Je suis au paradis, dit simplement Fanch en levant les yeux au ciel.

Victor ne disait rien. Il profitait. Ses amis et son grand-père riaient, heureux de ce week-end hors du temps. Victor aurait voulu que ce moment durât toujours. En réalité, tout aurait été parfait s'il ne lui avait pas manqué une personne essentielle. Une personne qu'il était bien décidé à aller chercher, au bout du monde et au-delà.

Victor proposa ensuite de monter dans sa chambre. Avec l'aide de son grand-père, il avait transformé la pièce en dortoir, posant sur le sol deux matelas supplémentaires qu'ils avaient récupérés au grenier. Porte fermée, ils s'installèrent sur les grabats, assis en tailleur, pour leur deuxième conseil de guerre.

– Alors, commença Victor avec espoir, est-ce que vous avez avancé sur nos deux questions ?

– Tu veux dire comment trouver l'Ankou et comment quitter le Pays des morts ?

– Ça vaut ce que ça vaut, mais je crois que j'ai un début de solution, lança Fanch.

– Vas-y, on t'écoute, l'encouragea Léonie.

– Il y a un jour dans l'année, ou plutôt une nuit, où le monde des morts se rapproche de celui des vivants.

– Halloween, évidemment, s'échauffa Victor. C'est dans un mois ! Sûr que l'Ankou rôdera cette nuit-là.

– Ici, on dit Samain, précisa Fanch. C'est le meilleur moment pour notre expédition. Même si ça ne règle pas le problème de la charrette.

Léonie toussota pour attirer l'attention des deux garçons.

– Vous savez ce qu'est un guide psychopompe ?

– À tes souhaits, plaisanta Fanch.

– Très drôle. Alors ?

– Je donne ma langue au chat, dit Victor.

– J'ai lu ça dans un livre sur l'Égypte. Un guide

psychopompe, c'est une créature qui escorte les âmes des défunts dans l'autre monde.

– Comme l'Ankou ?

– Exactement. Mais pas seulement. J'ai découvert dans ce livre que des animaux pouvaient remplir ce rôle. Genre chien, cheval ou corbeau.

– Tu veux dire qu'un chien pourrait nous conduire au Pays des morts ? s'étonna Fanch.

– Oui, si on était morts. Mais comme on est vivants, enfin pour l'instant, un animal psychopompe pourrait nous conduire jusqu'à l'orée du monde des morts. C'est-à-dire...

– Jusqu'à l'Ankou !

Mais Victor afficha une moue dubitative.

– Quand on se promène avec un chien ou à dos de cheval, objecta-t-il, on ne se retrouve pas comme ça, d'un coup, au milieu des morts. Heureusement, d'ailleurs, parce que ça serait flippant.

– En temps normal, non, dit Fanch, volant au secours de Léonie. Mais la nuit de Samain ? Quand les mondes se mélangent ?

– Ça pourrait marcher, insista-t-elle.

– À condition de nous trouver à proximité de l'Ankou.

– Le grincement des roues... marmonna Victor. On ne voit pas l'Ankou mais on l'entend. Voilà ce que je propose : on passe la nuit de Samain dehors, on entend les bruits de la charrette et le chien nous conduit jusqu'à l'Ankou.

– Parfait, s'emballa Fanch. Du coup, on règle aussi notre deuxième problème : le chien nous aidera à quitter le Pays des morts et à rentrer chez nous.

Ils se levèrent et entamèrent une danse de la joie endiablée, avant de se laisser retomber sur les matelas en riant.

– Bien, conclut Victor. On se fixe rendez-vous de nouveau ici à la fin du mois, avec tout ce dont nous aurons besoin pour l'expédition. On fera une liste. Fanch, tu emmèneras ton chien et…

– Mon chien ? Quel chien ? Je n'ai pas de chien, tu le sais bien.

Catastrophés, ils se tournèrent vers Léonie.

– Ne me regardez pas, je n'ai pas de chien non plus.

– Quelqu'un a un cheval ? Un corbeau ? ironisa Victor brusquement abattu.

– Ni l'un ni l'autre, reprit Léonie. Mais j'ai un chat. Il paraît que ça marche aussi avec les chats. Ce n'est pas étonnant, d'ailleurs. Ce sont des animaux vraiment bizarres qui n'ont jamais l'air d'être tout à fait là.

– Qu'est-ce que tu attendais pour nous le dire ? protesta Victor. Problème réglé ! On a largement le temps de se préparer.

Victor tendit sa main devant lui, paume vers le haut. Léonie posa la sienne dessus et Fanch mit sa main sur les deux autres. Puis ils récitèrent, en même temps, un serment amélioré par Léonie :

– On est les trois fantastiques ! Quand on a un problème, les autres rappliquent ! Écoutez bien, les zombies et ceux qui nous embêtent : on a seulement peur d'une chose, que le ciel nous tombe sur la tête !

13

LE CIEL NOUS TOMBE SUR LA TÊTE

Enfin les vacances ! Victor était fébrile. Non à la perspective de quitter le collège pour deux semaines, même si c'était plutôt une bonne nouvelle. Mais parce que la Samain avait lieu dans quelques jours. Grand-père avait accepté d'accueillir Fanch et Léonie pour célébrer Halloween, l'occasion, à défaut de parler aux morts, de soutirer des bonbons aux vivants. Les parents de Léonie s'étaient de nouveau laissés fléchir par les supplications de leur fille, ceux de Fanch avaient chaleureusement remercié le vieil homme. Victor avait répété cent fois à Léonie de ne pas oublier son chat. Et convaincu Fanch de laisser sa tenue de Guerrier ultime chez lui. Victor espérait ardemment que rien ne viendrait se mettre en travers de leur plan. À commencer par l'Ankou. Parce qu'après tous ces efforts, il n'avait pas intérêt à leur faire faux bond, celui-là !

Victor s'attarda encore un peu au CDI. Puis il salua monsieur Lhermet, lui souhaita de bonnes vacances et prit la direction de la sortie. Échaudé par ses rencontres avec la bande de Gus, il avait pris l'habitude de rester en vigilance maximale, comme lorsqu'ils progressaient en territoire zombie, Fanch et lui. Une réaction de gibier, d'accord, mais qui lui avait permis pour l'instant d'éviter les problèmes.

Instinctivement, Victor se plaqua contre le mur. Un des membres de la bande de Gus montait la garde devant les toilettes des garçons. De la fumée sortait par la porte restée ouverte. À coup sûr, les autres étaient à l'intérieur, avec des cigarettes. Ce qui était bien entendu interdit. Victor se félicita d'avoir été prudent. En passant par-derrière, il leur échapperait facilement. Mais une autre idée lui traversa la tête...

S'il contournait la bande, il aurait accès aux toilettes des filles. Et dans ces toilettes, il y avait forcément le même détecteur de fumée que celui que Gus avait neutralisé de son côté. Un plan diabolique germa aussitôt dans la cervelle de Victor. L'occasion de se venger était trop belle. S'il se débrouillait bien, personne ne se rendrait compte de sa présence.

Le plus silencieusement possible, Victor rebroussa chemin, longea le bâtiment principal pour aborder le préau du côté opposé. Caché derrière un pilier, il attendit que l'attention de la sentinelle se portât ailleurs, puis se précipita dans les toilettes des filles, heureusement désertes. Il se sentit vaguement coupable d'être là.

– Allez, Victor, tu es en train de rétablir la justice, murmura-t-il pour se donner du courage.

Il repéra immédiatement le détecteur de fumée. Il fouilla ensuite dans sa sacoche, sortit un cahier dont il arracha une page ainsi que le briquet qui lui avait servi à brûler les bords de la carte du Pays des morts, parce que Fanch trouvait que ça faisait plus classe.

– Merci, Fanch, murmura-t-il.

Grâce à ce briquet, son ami était un peu là et se vengeait avec lui. Enfin, Victor enflamma la feuille et la brandit aussi haut que possible sous le détecteur de fumée. Il ne fallut que quelques secondes pour que l'alarme retentisse et que des micro-arrosoirs fixés au plafond crachent leurs gerbes d'eau.

– Au moins, marmonna-t-il en quittant précipitamment les lieux, je viens de faire la preuve que le système fonctionne.

Malheureusement, la bande de Gus jaillit des toilettes des garçons plus tôt que Victor ne l'avait pensé et ils se retrouvèrent nez à nez. Les fumeurs, dégoulinant de l'eau des extincteurs, avaient piteuse allure.

– Toi ? s'exclama Gus en découvrant Victor.

Victor fut le premier à réagir : il détala en direction de la sortie.

– Attrapez-le ! aboya Gus, furieux. Il m'a bousillé un paquet entier de clopes.

– Et mes cheveux, tu en fais quoi ? hurla Léna, hystérique, en se jetant à ses trousses. Je ressemble à une sorcière à cause de lui !

Victor aurait volontiers lancé à Gus que c'était bien fait pour lui, qu'on n'avait ni le droit de fumer dans le collège ni de racketter les nouveaux. Et à Léna que, de toute façon, cheveux mouillés ou pas, elle ressemblerait toujours à une sorcière. Mais il économisait son souffle. Il n'avait qu'une dizaine de mètres d'avance. Tout en courant, il chercha de l'aide des yeux. Hélas, aucun surveillant ne traînait dans les parages. Quant au terrible principal, évidemment, c'était quand on voulait le voir qu'il ne se montrait pas.

– Tu peux courir tant que tu veux, le prévint Gus qui gagnait du terrain, tu ne m'échapperas pas. Et quand je t'aurai attrapé, ça sera ta fête !

La grille du collège était encore ouverte. Victor fonça à l'extérieur. Il cavala en direction des bus. Celui de Kermonac'h était sur le parking, prêt à partir. Le garçon comprit que c'était son unique chance. Il accéléra, brûlant ses dernières forces dans l'effort. Derrière lui, Gus poussa un cri de rage. La porte du bus s'ouvrit et Victor s'y engouffra.

– Il était temps, Victor, lui dit le chauffeur. J'allais partir sans toi.

– Merci… monsieur… de m'avoir… attendu…

Plié en deux par un point de côté, sous le feu de regards intrigués, Victor rejoignit Fanch et s'affala sur le siège voisin. Son ami l'observa d'un air inquiet.

– Qu'est-ce que tu faisais, bon sang ? Je m'inquiétais ! C'est moi qui ai supplié le chauffeur de patienter.

En guise d'explication, Victor lui montra Gus par la fenêtre. La bande s'était regroupée, menaçante. Gus jeta au garçon un regard éloquent. Il pointa vers lui un doigt accusateur, mit son pouce sur sa propre gorge puis mima l'égorgement.

– Mais enfin, qu'est-ce qui se passe ? s'étonna Fanch tandis que le bus, au grand soulagement de Victor, quittait le parking et roulait dans Plouermor. Pourquoi Gus veut te tuer ? Et pourquoi Léna a des cheveux de sorcière ?

– Elle a toujours… des cheveux de sorcière… Mais je vais te raconter… si tu me laisses… reprendre mon souffle…

– D'accord. Tu as intérêt à tout dire, sans rien oublier !

14

SANS RIEN OUBLIER

La Samain, cette année-là, s'annonçait sans pluie. Le soleil s'était couché aux alentours de 6 heures. La lune n'était pas encore pleine, mais Victor avait lu que la Samain s'étendait sur une semaine entière. Halloween tombait le soir même et la course aux bonbons était leur prétexte pour quitter la maison et se lancer dans l'aventure. De plus, la lune éclairait la campagne kermonac'hoise d'une lumière pâle mais suffisante pour qu'on pût marcher dehors sans lampe. Or la discrétion, à tous les niveaux, était la condition de la réussite de leur plan.

Victor, Fanch et Léonie avaient passé l'après-midi dans la chambre de Victor à discuter des détails et à confectionner leur paquetage. Ils emportaient chacun une couverture et un poncho, parce qu'ils ne savaient pas quel temps il ferait au Pays des morts. Également une lampe de poche, un drap qui leur servirait de linceul s'il fallait se déguiser en fantôme, une gourde d'eau et plusieurs paquets de gâteaux – Fanch avait bien insisté sur ce point. Enfin, pour chacun, une copie de la carte et de la mystérieuse chanson de Bert le Semi-Mort.

Victor avait complété son bagage avec son carnet de notes, une photo de sa mère pour pouvoir éventuellement demander sur place si quelqu'un l'avait vue. Les morts parlaient peut-être… Après une longue hésitation, Victor avait aussi décidé d'emprunter le poignard de son grand-père. Il serait plus utile sur lui que là-haut, dans la chambre. Et quand il rentrerait, il remettrait le couteau à sa place, ni vu ni connu. En échange, il avait glissé sa tour Eiffel dans un tiroir de la commode. Un porte-bonheur contre un autre, ça lui semblait équitable.

– Tu penses qu'on en aura besoin ? demanda Léonie en apercevant l'arme que Victor rangeait dans sa musette fétiche.

– J'espère que non, répondit le garçon avec sincérité. Disons plutôt que c'est une façon d'emmener mon grand-père avec moi.

– Je comprends, fit-elle en hochant la tête. Moi, j'ai pris ça.

Elle exhiba une grosse médaille en bronze sur laquelle figurait une fille bandant un arc.

– Je l'ai eue l'année dernière, dans un concours de tir. C'est la seule chose que j'aie jamais gagnée de ma vie. Elle me portera chance, j'en suis sûre.

– Et toi, Fanch ? lui demanda Victor. Tu emportes quelque chose de particulier ?

– Bien sûr, répondit gravement Fanch. Une vingtaine de barres de chocolat. Je donne dans l'utile, moi ! J'ai aussi pris ça à mon père… De toute façon, il ne la met plus.

Il montra à son poignet une montre trop grande pour lui. Il avait hésité entre elle et son téléphone, puis il s'était dit qu'il n'y avait sûrement pas de réseau au Pays des morts.

Un miaulement attira l'attention des trois compagnons sur le chat que Léonie, comme promis, avait emmené avec elle. C'était un gros chat, une femelle au pelage marron clair piqueté de noir, qui se mit à ronronner quand Fanch commença à le caresser.

– Pourquoi Châtaigne ? demanda-t-il à leur amie.

– À cause de la couleur j'imagine, répondit Victor.

– Gagné, dit Léonie. Et parce que, quand elle était petite, elle ressemblait à une grosse châtaigne, avec ses poils tout hérissés. Mais ne détourne pas la conversation, Fanch : tu as promis de me raconter ce qui est arrivé à Victor !

– Euh… Je suis là, vous savez ? toussota Victor.

– Tu racontes trop mal. Alors, Fanch ?

– Eh bien, commença-t-il, figure-toi que Victor a décidé de mettre en rogne la bande de Gus à lui tout seul. Juste avant que le collège ne ferme ses portes pour les vacances, notre héros a déclenché l'alarme incendie dans les toilettes où ces débiles fumaient des cigarettes !

– Non ! C'est pas vrai !

– Je te jure ! Ces orques stupides l'ont pris en chasse pour se venger. Victor n'a dû son salut qu'à la vitesse de ses jambes...

– Dingue.

Léonie était franchement admirative.

– Le problème, termina Fanch, c'est que maintenant Gus veut sa mort. De même que Léna la sorcière.

– Disons qu'ils comptent me faire passer un sale quart d'heure, relativisa Victor.

– Ça ne te fait pas peur ? demanda Léonie.

– Une chose après l'autre, soupira le garçon. Disons que, pour l'instant, l'Ankou et notre expédition me préoccupent davantage que Gus.

– Victor, annonça Léonie avec gravité, tu es un brave. Tu mérites amplement d'être à la tête de l'aventure.

La voix du grand-père de Victor retentit dans l'escalier.

– Vous êtes prêts ? Dépêchez-vous, sinon les gens de Kermonac'h auront déjà distribué tous leurs bonbons !

– On arrive !

Victor prit une inspiration.

– Bon. Une seule consigne : on reste ensemble, quoi qu'il arrive.

– Ça me va, approuva Fanch, franchement soulagé.

Il avait en effet envisagé que Victor leur demande de se séparer une fois sur place pour mieux rechercher sa mère.

– On reste ensemble et on s'épaule face au danger, précisa Léonie.

– Jurons-le, proposa Fanch.

Ils avaient tous les trois, sans l'avouer, besoin de réconfort, et le soutien d'un nouveau serment, approprié à leur aventure, était exactement ce qu'il leur fallait. Comme ils n'avaient rien préparé, ils improvisèrent. Ils joignirent leurs mains, comme ils le faisaient pour leur cri de guerre.

– Quels que soient les dangers qui nous attendent… commença Victor.

– … Zombies mangeurs de chair, trolls briseurs d'os ou vampires suceurs de sang… continua Fanch.

– … Nous jurons de les affronter ensemble, termina Léonie.

À la suite de quoi ils sautèrent sur leurs pieds, enfilèrent leurs manteaux et descendirent les marches quatre à quatre. Grand-père les attendait, l'œil brillant. Il leur tendit un sac de marin gigantesque.

– Tu t'attends vraiment à ce qu'on revienne avec un sac plein ? se moqua gentiment Victor.

Donner le change lui faisait mal au cœur. Il se sentait fautif et honteux. Il avait l'impression, depuis des semaines, de trahir celui qu'il aimait de tout son cœur. Mais comment aurait-il pu lui dire la vérité ? C'était évident que le vieil homme aurait ri, avant de se mettre en colère quand il aurait compris qu'il était sérieux en parlant de ramener sa mère d'entre les morts. Et s'il rencontrait sa grand-mère, devait-il la ramener, elle aussi ? Bien des questions s'entrechoquaient dans sa tête.

– Vous pensez que ce sac est trop grand ? fit semblant de s'étonner Grand-père. Bah, ça ne coûte rien d'être optimiste. Vous avez vos déguisements ?

Victor sortit de sa poche un masque de zombie, Fanch un masque de troll et Léonie un masque de vampire.

Grand-père rit. Grâce à Fanch et Léonie, la maison vivait de nouveau et Victor en oubliait sa tristesse.

– Vous êtes parfaits, les félicita-t-il. Léonie, tu es sûre de vouloir emmener ton chat avec toi ? Il a pris ses marques dans la maison, cet après-midi.

– Oh, sûrement. Mais ce n'est pas pour ça que je le prends avec moi, répondit la jeune fille sans se démonter. Châtaigne va faire craquer tout le monde et on aura le double de bonbons.

– Quelle fille futée, reconnut le vieil homme en secouant affectueusement la tête. Allez, ouste ! Et bonne chasse !

Victor laissa ses amis franchir le seuil sans lui. La soirée pouvait se terminer de trois façons. Soit rien ne fonctionnait, soit ils parvenaient à rejoindre le pays de l'Ankou puis à en sortir, dans les deux cas ils seraient revenus avant le dîner puisque, si Bert n'avait pas raconté de salades, le temps s'écoulait différemment chez les morts. Soit, troisième solution et de loin la pire, ils restaient prisonniers pour toujours du royaume des morts. Alors, c'était la dernière fois qu'il voyait son grand-père. Son cœur se serra et il chassa cette idée noire qui allait leur porter malheur.

– À très vite, Grand-père. Je t'aime !

– Moi aussi, je t'aime, bonhomme, répondit-il surpris par cet élan soudain.

Puis Victor disparut, happé par l'obscurité. Les autres l'attendaient dans le jardin.

– Tout va bien, Victor ? s'inquiéta Fanch.

– Ça va. C'est juste que… Non, c'est idiot. Je me demandais si on allait revenir. Bien sûr qu'on va revenir, pas vrai ?

– D'autant plus sûr qu'on n'est pas encore partis, s'impatienta Léonie.

Ils contournèrent la maison pour récupérer, au pied du mur, leurs sacs descendus un peu plus tôt au bout d'une corde depuis la fenêtre de la chambre de Victor.

– Si on décide de ne pas y aller, c'est maintenant, prévint le garçon tandis qu'il ajustait sur son épaule la sangle de sa sacoche.

– Je… hésita Fanch.

– Action ! trancha Léonie en se mettant en route.

15

EN ROUTE

Ils avancèrent un moment à travers champs, s'éloignant de Kermonac'h et de ses maisons éclairées. La lueur de la lune donnait un relief étrange aux choses que pourtant ils connaissaient, clôtures, arbres, colline d'herbe grasse. L'humidité leur collait aux pieds.

– On va marcher combien de temps ? demanda Fanch, nerveux.

– Tu vois le buisson d'ajoncs, là-bas, au bord du vieux chemin ? répondit Victor. On va s'installer juste à côté.

– S'installer ?

– Tu croyais qu'on allait marcher jusqu'à tomber sur l'Ankou ? Ce n'est pas comme ça que ça marche. Ce sont les grincements de sa charrette qui vont nous conduire à lui.

– Mais oui, s'exclama Léonie à voix basse en

caressant Châtaigne qu'elle gardait bien serrée contre elle. Victor, tu es un génie !

– J'ai manqué quelque chose ? dit Fanch en regardant ses amis tour à tour.

– L'ajonc, expliqua Léonie. Les âmes des morts qui ne veulent pas partir se cachent dans des buissons d'ajoncs. On ne t'a jamais raconté ça ?

– Jamais, grogna Fanch, vexé.

– L'Ankou y jette toujours un coup d'œil en passant, renchérit Victor. Pour être sûr de n'oublier personne.

Ils s'assirent au bord du chemin de terre, à côté des ajoncs, sur les sacs qui protégeaient leurs fesses de l'herbe mouillée. Certaines branches, garnies d'épines redoutables, portaient de petites fleurs jaunes. Ils abandonnèrent les masques devenus inutiles.

– Et maintenant ?

– On attend, Fanch. Et surtout, on dresse l'oreille.

La brume fit son apparition dans le champ, poussée par une légère brise de mer. Elle s'effilocha en prenant possession du chemin. Léonie étouffa un cri.

– Vous avez entendu ?

Victor et Fanch se concentrèrent sur les sons qui montaient des alentours, étouffés par le brouillard.

La cloche de l'église de Kermonac'h qui sonnait la demie de six heures, une voiture qui faisait rugir son moteur sur la route de Plouermor, une vache qui meuglait de l'autre côté du village. Fanch vérifia sa montre : elle était parfaitement à l'heure.

– Je n'entends rien de particulier, dit Victor. À part le tic-tac de la montre de Fanch. Et les gargouillis de son ventre.

– Faites un effort, les garçons ! Écoutez mieux !

Ils tendirent l'oreille. Soudain leur parvint l'écho d'un grincement. Un grincement régulier qui empruntait l'ancien chemin et se dirigeait vers eux. Victor résista à l'envie d'allumer sa lampe. C'était idiot, l'Ankou était invisible aux vivants.

– Alors ? fit triomphalement Léonie.

– Bien joué, chuchota Victor. C'est sûrement l'Ankou et sa charrette. Il vient inspecter le buisson.

– Mais qu'est-ce qu'on fait ?

– J'en sais rien.

C'était vrai, Victor n'avait aucune idée de la marche à suivre. Il s'en tenait simplement à de vagues indications contenues dans les légendes et, pour le reste, se fiait à son intuition.

– On devrait peut-être tous tenir le chat, dit Léonie.

Châtaigne montrait des signes de grande nervosité. Son regard énigmatique fixait un point invisible, à quelque distance, sur le vieux chemin. Où ne se trouvait rien ni personne. Ils firent ce que la jeune fille suggérait, mais cela ne changea pas grand-chose.

– Châtaigne voit un truc, c'est sûr, murmura Léonie. Mais comment faire pour le voir nous aussi ?

Victor regarda désespérément Châtaigne qui commençait à paniquer pour de bon. Le chat s'agitait dans les bras de Léonie, battant des pattes sous leurs yeux. Des pattes couvertes de poils noirs qui lui faisaient comme de petits chaussons.

– Nos chaussures, comprit Victor. Il faut les enlever ! Être en contact direct avec le sol !

Sans discuter, ils ôtèrent chaussures et chaussettes pour se retrouver pieds nus dans l'herbe humide. Les deux garçons aidèrent leur amie qui avait de plus en plus de mal à maîtriser son chat. Puis ils firent bloc autour de Châtaigne qui poussa un miaulement déchirant. Alors, comme par magie, une forme à la fois solide et vaporeuse émergea sur le chemin, sous leurs yeux. Un hoquet les prit. Un hurlement voulut jaillir de leur poitrine. Mais rien ne put sortir.

C'était une charrette de vieilles planches noircies par la pluie et le temps, tenues par des bouts de métal rouillé. Elle avançait sur deux roues gigantesques et tordues, en grinçant affreusement. Un cheval la tirait, aussi ténébreux que le reste. Il était décharné et ses sabots couverts de sang. Il avait les yeux rouges, qui brillaient sourdement, comme deux braises. Le cocher, très maigre et très grand, tenait entre ses mains osseuses des rênes de cuir usées jusqu'à l'âme. Il était dissimulé sous une épaisse cape de laine noire. Les mêmes yeux que ceux de sa bête brûlaient sous la capuche qui ne laissait rien voir de son visage. Enfin, posée à côté de lui, une faux gigantesque dont la lame, brillant sous la lumière de la lune, contrastait avec l'équipage ténébreux.

Châtaigne donna un coup de griffe affolé à sa maîtresse qui la lâcha. Le chat s'enfuit vers le village. Léonie retint de justesse le cri de douleur qui lui montait aux lèvres. La fuite de Châtaigne les sortit brusquement de l'état de torpeur dans lequel l'apparition terrifiante les avait plongés. Victor attrapa Fanch et Léonie par le bras. Ils récupérèrent leurs affaires et se cachèrent derrière l'épais buisson.

– L'Ankou, gémit Fanch. J'y crois pas. C'est l'Ankou. On va mourir.

– Ne dis pas de bêtises, le tança courageusement Léonie qui n'en menait pourtant pas large, elle non plus.

Elle chercha machinalement la main de Victor, mais celui-ci était en train de contourner les ajoncs pour rejoindre l'arrière de la charrette.

– Qu'est-ce que tu fais ? s'inquiéta-t-elle.

– Ce qui était prévu, lui répondit Victor dont la pâleur montrait assez les efforts qu'il faisait pour ne pas se laisser gagner par la peur.

Fanch bondit sur lui et le tira vigoureusement en arrière.

– Lâche-moi, protesta Victor.

– Chuuuut… Regarde !

L'Ankou avait arrêté son attelage et mis pied à terre. Il s'était emparé de sa faux et penchait son inquiétante silhouette vers les ajoncs.

– Il va nous trouver, s'affola Fanch. Il va nous punir de l'avoir vu.

– Non, rectifia Léonie. Il fait ce que disait ma grand-mère. Il récupère les tire-au-flanc.

En effet, obéissant au terrible regard de l'Ankou, se courbant craintivement devant sa faux, deux formes spectrales s'extirpèrent des profondeurs du buisson pour monter dans la charrette. L'Ankou reprit sa place sur le siège du cocher et l'antique véhicule se remit en route.

– Allez, c'est le moment ou jamais, dit Victor.

Il se glissa sans bruit à l'arrière du chariot et l'escalada discrètement, comme les deux morts avant lui. Léonie ne tarda pas à le rejoindre. Quant à Fanch, qui pour rien au monde ne serait resté tout seul, il courait, accroché à la carriole. Victor et Léonie l'aidèrent comme ils purent à se hisser à leurs côtés.

– Merci, les amis, souffla-t-il.

– J'ai bien cru que tu ne viendrais pas, confia Victor en lui adressant un sourire reconnaissant.

– Tu rigoles ? Ensemble, quoi qu'il arrive. Un serment est un serment !

Une grappe de morts drapés dans leur linceul les séparaient de l'Ankou, les uns assis, les autres debout, visages et cheveux blancs, comme si les couleurs étaient parties en même temps que la vie. Les morts avaient regardé les enfants grimper à bord, impassibles, le regard inexpressif, avant de se désintéresser d'eux. Le premier choc passé, Léonie, Fanch et Victor s'installèrent à bonne distance des inquiétants passagers, s'enveloppant à leur manière dans le drap blanc qu'ils avaient emporté et qui ressemblait à un linge mortuaire.

– Tu es sûr qu'on ne risque rien ? chuchota Fanch. Je veux dire… Ils ont l'air calmes, mais ce sont des… morts !

– Je ne sais pas, avoua Victor. Je crois quand même que s'ils nous avaient voulu du mal, ils ne nous auraient pas laissés monter.

– Ou bien ils se seraient déjà jetés sur nous, ajouta Léonie.

– Charmant ! Qu'est-ce qu'on fait maintenant ?

– On attend d'être au Pays des morts, répondit Victor.

– Et après ?

– On verra.

– Vous savez que sans Châtaigne, notre plan pour revenir tombe à l'eau ? insista Fanch.

– On improvisera, grogna Léonie. Arrête un peu avec tes questions, on n'en sait pas plus que toi.

– Merci, c'est gentil de me remonter le moral. Comme si ce n'était pas déjà assez flippant de faire le voyage avec des morts !

16

AVEC DES MORTS

La carriole se traînait au gré du pas du grand cheval noir, mené par les mains froides de l'Ankou. D'où ils se trouvaient, à l'arrière, Victor, Fanch et Léonie ne distinguaient que la capuche du conducteur. Victor n'en revenait pas. Il hésita à se pincer de nouveau : il avait déjà deux bleus sur le bras gauche. Il se revoyait courir après la charrette, se hisser dessus. Où avait-il trouvé le courage ? Ou plutôt l'inconscience ? Dans l'étrangeté de la situation, sans doute. Dans l'impression de vivre un truc pas franchement réel, comme dans un roman ou dans un jeu vidéo. Et ses amis qui l'avaient suivi… Victor était rassuré. Il avait la preuve qu'il pouvait compter sur eux et c'était une sensation enivrante.

– Comment vous faites pour ne pas flipper comme des malades ? demanda Fanch.

L'inquiétude du garçon allait grandissant, au

contraire de Victor et de Léonie qui conservaient tout leur calme.

– Mais on flippe comme des malades, répondit Léonie. Seulement on flippe calmement. Pas vrai, Victor ?

– Vrai. On est montés dans la charrette de L'Ankou. Ce qui est de la folie. On ne peut plus en descendre parce que sans le chat de Léonie, on resterait sûrement coincés entre le monde des morts et celui des vivants. Il n'y a donc rien d'autre à faire qu'attendre patiemment.

Le dialogue avait lieu à voix très basse, avec de fréquents regards en direction de l'Ankou qui menait sa charrette sur des chemins connus de lui seul.

– Est-ce qu'on est sûrs que cette charrette se rend au Pays des morts, au moins ? Elle me paraît bien brinquebalante. Est-ce qu'on va décoller, franchir un portail magique ou quelque chose comme ça ? continua Fanch.

Victor voulut rabrouer son ami. Ce n'était pas le moment d'être défaitiste, ses ondes négatives allaient leur porter la poisse. Mais il ne comprenait que trop bien l'attitude de Fanch, qui posait ces questions simplement pour oublier qu'il mourait de peur.

– Le Pays des morts est un morceau de notre

monde, pas une autre planète ou je ne sais quoi, dit Léonie. Ce chariot a l'air suffisamment solide pour s'y rendre.

– C'est quand même pas gagné.

– Stop ! finit par s'énerver Victor. Dis donc, Fanch, c'est toi ou ton clone qui as assisté à nos réunions ? Est-ce qu'on était sûrs de quelque chose ? Tu sais aussi bien que moi que notre aventure s'appuie sur des légendes. D'ailleurs, qui a eu l'idée de la Samain ?

Fanch dut bien reconnaître que c'était lui et son hochement de tête mit un terme à la dispute.

– Moi, je trouve qu'on ne s'en sort pas si mal, dit Léonie sur un ton apaisant. On est dans la carriole de l'Ankou, si c'est pas énorme, ça !

Autour d'eux, le paysage commençait à changer. On aurait dit que la brume accompagnait l'équipage cauchemardesque, une escorte inquiétante, étouffant les grincements des roues et masquant les silhouettes blanches agglutinées sur le plateau, provoquant des frissons chez les vivants et une imperceptible impatience chez les morts. Peu à peu, l'obscurité se fit plus épaisse. Les trois enfants tentaient de distinguer les éléments du décor qui s'estompaient. Un réverbère se transforma sous leurs yeux en pin torturé, et l'ampoule jaunâtre devint un cône aux écailles luisantes. Plus loin, une route en goudron disparut pour laisser place à un chemin boueux, aux ornières profondes. Tout ce qu'ils connaissaient s'évanouissait, faisant place à un horizon immuable de vestiges fantomatiques et de vieilles traces.

Fanch consulta sa montre et fronça les sourcils. La cloche de l'église avait sonné 6 h 30 au moment où l'Ankou avait fait son apparition. Cela faisait bien une heure qu'ils étaient montés dans sa charrette. Or sa montre indiquait seulement 6 h 31. L'aiguille des secondes bougeait bien trop lentement. Est-ce que la montre donnait brusquement des signes de faiblesse ou bien le temps commençait-il à se détraquer ?

– Tu as complètement raison, Léonie, chuchota-t-il presque excité désormais : c'est complètement fou. On se croirait dans un jeu vidéo !

Fanch venait de dépasser sa peur d'accepter l'inconnu. Il était comme ça, capable de sang-froid et d'emportements, d'enthousiasme et d'abattements. Léonie lui ressemblait sur bien des points, mais elle s'en différenciait par son caractère volontaire et une énergie débordante. Quant à Victor, il possédait cette détermination qui rassurait les deux autres.

Victor posa ses mains sur les épaules de Fanch et de Léonie.

– Vous savez quoi ? Je pense qu'on est les premiers êtres vivants à voir tout ça.

– J'espère juste qu'on pourra revenir pour le raconter, conclut Fanch sur un ton résigné.

Léonie s'abstint de tout commentaire mais elle croisa les doigts à s'en faire mal. Et puis le ciel s'obscurcit brutalement et les trois enfants se retrouvèrent plongés dans le noir.

17

PLONGÉS DANS LE NOIR

Cela ne dura pas. Bientôt la nuit se fit moins épaisse. Ce fut comme si l'on retirait une couverture de dessus leurs têtes. Fanch, Victor et Léonie recommencèrent à distinguer les alentours depuis la charrette qui allait toujours selon le pas lent et régulier du cheval. Une étrange lueur nimba d'un vert glauque le paysage qui n'avait plus rien de commun avec ce qu'ils connaissaient. Les champs, les chemins, tout était devenu steppe aux limites incertaines, aux nuances aussi changeantes que celles de la mer. Le plus impressionnant, c'était l'eau qui affleurait partout. L'herbe, les bruyères et les joncs paraissaient flotter au-dessus des marécages qui étendaient sournoisement leur emprise aux dépens de la terre. Rien n'était épargné, pas même le chemin sur lequel grinçait la carriole et dont les ornières ressemblaient à présent à des ruisseaux. L'ensemble enfin dégageait une tristesse infinie, renforcée par le brouillard qui s'épaississait en s'accrochant aux roseaux. Pour ne rien arranger, la pluie se mit à tomber, fine, tenace, ensevelissant sous son ombre grise la moindre perspective. Curieusement, cette bruine les réconforta parce qu'elle ressemblait à celle qui dégringolait du ciel sur les toits de Kermonac'h ou de Plouermor.

– À ton avis, on arrive bientôt ? demanda Léonie à Victor.

– Vous avez remarqué comme tout devient bizarre ? répondit-il prudemment. Je pense qu'on est en train de quitter notre monde.

Les morts s'agitaient. Eux aussi sentaient le dénouement proche. Victor se demanda ce qu'ils pouvaient éprouver, si les morts avaient encore des sentiments. De la peur ? Du soulagement ? Les deux à la fois, peut-être. Soudain, la silhouette d'un chêne immense émergea du brouillard. C'était un arbre solitaire, isolé au milieu de la lande fangeuse. Son tronc était large comme une maison et sa frondaison si haute qu'elle se perdait dans la brume et la nuit. Ils s'aplatirent un peu plus dans la charrette qui arrêta sa course. Le véhicule brinquebalant oscilla puis se mit à tanguer. L'Ankou descendit de son siège. Sans un regard pour son équipage, il fit quelques pas en direction de l'arbre géant. Puis il brandit sa faux.

– Incroyable, dit Fanch en ouvrant des yeux ronds.

Fanch, Victor et Léonie s'étaient déplacés pour ne rien rater de la scène. Quelques instants plus tard, deux grands bœufs surgirent de l'ombre. Eux aussi étaient gigantesques. Le poil terreux. Les sabots ensanglantés comme ceux du cheval. Ils marchaient côte à côte, attelés de front à un curieux joug de bois blanc poli par le temps. L'Ankou plongea une main dans l'eau peu profonde et en ramena une lourde chaîne mangée par la rouille, terminée par un crochet. Il fixa solidement ce dernier à l'attelage et sans qu'un mot soit prononcé, les deux bêtes puissantes se mirent à tirer. La chaîne se tendit sur une dizaine de mètres. Alors, émergeant petit à petit de la tourbière où elle reposait, les contours d'une embarcation apparurent. Fanch poussa une exclamation, les yeux exorbités :

– Bon sang, Victor ! C'est mot pour mot la chanson de Bert le Semi-Mort : « Un jour dans son chariot l'Ankou te prendra / Il t'emmènera près du chêne sans âge / Et aux deux bœufs il te donnera / La vieille barque te déposera sur le rivage ». Le chêne, les bœufs, la barque, tout y est !

– On a suivi le même chemin que Bert, murmura Victor.

– On dirait bien que les informations de Bert le Semi-Mort sont vraies, ajouta Léonie qui ne parvenait pas à s'arracher du spectacle des bœufs tirant sur la chaîne. Ce qui veut dire que notre expédition a une chance de réussir.

Sous l'effort, les bœufs bandaient leurs muscles, cous tendus, sabots plantés dans le sol. Indifférent à leur souffrance, l'Ankou attendait que le bateau soit entièrement dégagé. Il tenait plus d'une barque que d'un navire. Une solide barge dépourvue de voiles et de rames, suffisamment large et assez plate pour que la charrette puisse y prendre place. L'Ankou leva encore une fois sa faux et les bêtes cessèrent leur travail. Il les débarrassa de la chaîne et, docilement, les deux monstres regagnèrent l'abri du chêne et la pâture de glands dans l'attente du prochain passage du maître des lieux.

Léonie fut la dernière à retourner se cacher parmi la cargaison de morts. Elle était dévorée par la curiosité plus encore que par la peur et voulait mieux voir à quoi l'Ankou ressemblait lorsqu'il reviendrait vers la charrette. Mais tout ce qu'elle aperçut, ce fut une silhouette entièrement dissimulée sous la cape de laine noire. Comme un deuxième vêtement, une obscurité mouvante l'accompagnait et rendait ses formes floues. Seuls étaient visibles ses longues mains décharnées et ses yeux rouges, pulsant à travers les ténèbres. Puis l'Ankou s'arrêta. Léonie crut que son cœur allait s'arrêter de battre. Il la fixait ! Il dardait sur elle son regard terrifiant ! Elle se sentit tirée en arrière.

– Qu'est-ce que tu fais, bon sang ? la gronda Fanch.

– Il m'a vue, gémit Léonie, il m'a vue !

– Hein ? Tu es sûre ? lui demanda Victor en devenant tout pâle.

Il risqua un coup d'œil vers l'Ankou. Celui-ci regardait bel et bien dans leur direction.

– Mais oui ! On dirait qu'il nous a repérés.

– La tuile, se lamenta Fanch.

Avec une rapidité stupéfiante, l'Ankou se précipita à l'arrière de la charrette.

18

L'ARRIÈRE DE LA CHARRETTE

Ils eurent à peine le temps de se réfugier sous leurs suaires que l'Ankou était là. Léonie maudissait silencieusement son imprudence. À cause d'elle, ils étaient découverts ! Et qui savait ce que l'Ankou allait leur faire pour avoir eu l'audace de se glisser dans sa charrette ? Fanch avait fermé les yeux. Il ne voulait pas voir le visage terrible de l'Ankou se pencher sur lui. Déjà, il s'attendait à sentir sur son épaule la main glacée du cocher infernal. Victor, quant à lui, était terriblement déçu. Il n'en voulait pas à Léonie, non, ils savaient tous les trois qu'ils risquaient de se faire prendre n'importe quand. Seulement, il commençait juste à croire que leur folle expédition avait une chance de réussir. Ils se crispèrent mais rien n'arriva. Intrigué, Victor finit par soulever un coin du drap et jeter un regard furtif au dehors.

L'Ankou ne s'était pas arrêté à la carriole. Il avait poursuivi sa course et tenait à présent dans sa grande main osseuse l'épaule vaporeuse d'un mort. Il lui parlait à l'oreille et le mort l'écoutait, tête baissée. Victor comprit brusquement ce qui venait de se passer : profitant de ce que l'Ankou était occupé avec les bœufs et la barque, un mort s'était glissé hors de la charrette et avait tenté de s'enfuir. L'Ankou l'avait rattrapé et, plutôt que de le ramener de force, il s'efforçait visiblement de le convaincre. Avec succès, semblait-il, puisque tous les deux revinrent bientôt ensemble.

– Restez planqués, intima Victor à ses amis immobiles. L'Ankou n'en a pas après nous.

Il rabattit le drap sur sa tête et attendit. La charrette grinça lorsque le mort reprit sa place à bord. Victor, Fanch et Léonie retinrent leur souffle. L'Ankou retourna à l'avant et récupéra les brides du cheval. Les trois amis sortirent lentement la tête de sous leur drap.

– Il ne nous a pas vus ? demanda Fanch à Victor avec étonnement.

– Je crois bien que non, répondit Victor.

– Parce qu'on est vivants ? suggéra Léonie.

– C'est bien possible.

– Je n'ai jamais eu aussi peur de toute ma vie, avoua Fanch.

– Et moi donc, dit Léonie dans un souffle. Je suis désolée. C'est à cause de moi que…

– Non, lui répondit Victor sur un ton réconfortant. L'Ankou est parti chercher un mort qui voulait s'échapper. Tu n'as rien à voir là-dedans.

– Et même si c'était le cas, renchérit Fanch, ça n'a pas d'importance puisqu'on s'en est sortis.

Léonie ressentit un grand soulagement en entendant ses amis. Elle leur manifesta sa gratitude avec un des sourires éclatants dont elle avait le secret.

Pendant qu'ils chuchotaient tous les trois à l'arrière, le chariot avait pris place sur la barge. Ils quittèrent le rivage, l'étrange embarcation glissant sur les eaux sombres du marécage. La silhouette de l'immense chêne disparut de leur vue, avalée par le brouillard épais. L'Ankou se tenait debout à la proue, sa faux à la main. Il ressemblait à Charon, le passeur des Enfers grecs qui, dans les marais de l'Achéron, faisait traverser le fleuve Styx aux âmes des morts en échange d'une pièce de monnaie. La barque noire avançait toute seule, comme par magie. Il n'y avait aucun souffle d'air, aucun bruit, mis à part celui du clapotis de l'eau contre le bois du bateau. Une pâle lueur, celle de la lune invisible derrière le voile de brume, éclairait les ténèbres. Fanch se pencha pour observer la surface, alternance de flaques noirâtres, de roseaux pourris, de fange et d'étangs profonds recouverts de sphaignes. Il revint à sa place en réprimant des frissons.

– Brrr... Je n'aimerais pas tomber là-dedans, souffla-t-il.

Léonie se tourna vers Victor :

– Pourquoi est-ce que le mort cherchait à s'enfuir, tout à l'heure ?

– Peut-être qu'il avait conservé des sentiments pour sa famille. Que c'était trop dur pour lui de les abandonner.

– Ou alors, dit Fanch, il avait peur. Peur de se rendre au Pays des morts. Ça, c'est quelque chose que je peux très bien comprendre.

La barque ralentit puis s'arrêta tout à fait. Ils avaient touché un nouveau rivage. L'Ankou secoua la bride et le cheval avança. L'équipage gagna la terre ferme.

– Je crois qu'on est arrivés, annonça Léonie.

La rive était beaucoup plus marquée que celle qu'ils avaient quittée. Elle était bordée par un tapis de fleurs jaunes. Une pente herbeuse s'étendait au-delà. L'air n'était ni chaud ni froid et ne charriait aucune odeur. Ce n'était pas le jour et pas la nuit non plus. On aurait dit un crépuscule ou une aube qui ne se décidait pas à changer.

– « La vieille barque te déposera sur le rivage/ Éclairé par sept soleils et mille fleurs de cent carats… » récita Victor en regardant Fanch. On y est, enfin.

– « Enfin » n'est pas le mot qui me serait venu, soupira le garçon.

– Des fleurs de cent carats, alors qu'il s'agit de bêtes renoncules. Quant aux sept soleils, ils brillent par leur absence. Tu as raison, Fanch, c'est trompeur la poésie, ironisa Léonie.

– N'empêche qu'il y avait bien un chêne, des bœufs et une barque tout à l'heure, objecta Victor. Ça reste quand même assez précis.

– Précis ? Tu rigoles ! J'espère que la carte ne sera pas trop… poétique, elle, dit encore Léonie.

Les garçons se turent. Ils commençaient à connaître leur amie. Quand elle faisait de l'humour grinçant, ou qu'elle râlait, c'était bien souvent pour dissimuler son inquiétude. Alors que Fanch, lui, se contentait de dire qu'il avait peur quand il avait peur, qu'il s'inquiétait quand il s'inquiétait. Et que Victor ne disait rien du tout. Ce qui était, au final, le plus inquiétant.

– Je crois que cette chanson contient tout ce que Bert a vécu pendant son séjour ici, répondit tranquillement Victor. Il suffit seulement de la décrypter.

Le chariot longea le marais. Victor fit signe aux autres de ranger leur drap dans leur sac et de se tenir prêts à l'arrière de la charrette. L'Ankou s'engagea bientôt sur un chemin marqué par des ornières, qui traversait des buissons de genêts.

– Maintenant ! lança Victor.

Ils se laissèrent glisser du chariot et se réfugièrent derrière les buissons, à l'abri des regards. L'Ankou fixait toujours la route et les morts, jusqu'ici, leurs compagnons de route, ne prêtaient pas la moindre attention aux enfants.

– Et voilà, s'exclama Fanch. Les ninjas peuvent aller se rhabiller.

– Hop hop, mission accomplie, avec classe, sans accroc ! renchérit Léonie, redevenue elle-même.

– Fermez-la tous les deux, les rabroua Victor. Le plus difficile est devant nous.

Sans se concerter, Fanch et Léonie se jetèrent sur Victor en lui ébouriffant les cheveux.

– Arrêtez ! Qu'est-ce que vous faites ? Vous êtes fous ?

– C'est toi qui es fou, Victor, répondit Léonie en riant. Tu te rends compte ? On y est ! On est au Pays des morts ! On a réussi. C'est dingue ! C'est invraisemblable ! Inimaginable !

– Incroyable ! continua Fanch. Fabuleux ! Miraculeux !

Ils entamèrent une nouvelle danse de la joie dans laquelle ils entraînèrent Victor.

– Arrêtez !

Mais le garçon se laissa vite prendre au jeu et rit de leurs bêtises.

– Dingue ! Fabuleux !

Fanch et Léonie psalmodiaient tout en gesticulant.

– Invraisemblable ! Incroyable !

Ils finirent par tomber dans les bras les uns des autres.

– Merci, les amis, dit Victor plus ému encore qu'il se l'avouait. Merci d'être là.

Il tendit la main devant lui. Fanch y posa la sienne, aussitôt suivi par Léonie.

– Quels que soient les dangers qui nous attendent…

– … Zombies mangeurs de chair, trolls briseurs d'os ou vampires suceurs de sang…

– … Nous jurons de les affronter ensemble !

Victor attrapa sa besace et en sortit la carte qui représentait le Pays des morts.

19

LE PAYS DES MORTS

Ils connaissaient tous les trois par cœur la carte dessinée par Bert le Semi-Mort, le mourant revenu pour quelques heures d'entre les morts, recueillie et publiée par madame Cupplewood sur le blog que Victor avait découvert dans les ordinateurs du CDI du collège. Mais c'était autre chose de l'avoir sous les yeux alors qu'ils se trouvaient sur place ; les vagues coups de crayon s'étaient transformés en buissons, en roches et en chemin. Le Pays des morts avait une forme allongée légèrement rectangulaire et ressemblait à une île. Au nord-ouest se trouvait l'endroit où ils avaient débarqué, symbolisé par une porte hâtivement tracée. Au centre ou presque, une grande montagne, qu'ils apercevaient en hissant la tête par-dessus les genêts. Au sud, à en croire le croquis, une forêt. À l'est, des marécages et un gouffre qui paraissait vraiment profond. Au sud-est, enfin, un champ de menhirs.

– Par où on commence ? demanda Léonie.

– Je ne sais pas, avoua Victor, un peu déstabilisé. Je m'étais dit que les choses seraient plus évidentes une fois sur place.

– Une chanson et une carte mal dessinée, soupira Fanch. Comment veux-tu que quelque chose soit évident ?

– On pourrait continuer à faire confiance à Bert le Semi-Mort, hasarda Victor en montrant sur la carte un dolmen dessiné de l'autre côté des montagnes. « Sur le dolmen de la montagne tu monteras... »

– C'est un bon plan, approuva Léonie. Un : on va jusqu'au dolmen. Deux : on grimpe dessus. Trois : on voit ce qui se passe et on avise !

– Fanch ? demanda Victor. Tu es d'accord pour le dolmen ?

– Suivons Bert le mystérieux puisqu'on n'a rien d'autre, grommela le garçon. Il aurait pu faire un effort, quand même. Il n'y a pas grand-chose sur sa carte.

– Il faudra la compléter quand on sera rentrés, dit Léonie songeuse.

Les derniers mots de la jeune fille les plongèrent dans le silence. Ils se mirent tous à penser à leurs parents, et l'idée qu'ils pourraient ne jamais les revoir assombrit leur humeur.

– On y va ? lança Victor pour secouer tout le monde.

– Attends, l'arrêta Fanch. Il faut prendre des forces. On ne sait pas quelles épreuves nous attendent.

Le garçon fouilla dans son sac et en sortit un paquet de gâteaux.

– Je n'ai rien mangé depuis hier midi, approuva Léonie. Quelle heure il est, d'ailleurs ?

– Pas la moindre idée, avoua Victor. On ne sait même pas s'il fait jour ou s'il fait nuit.

– Je vais te dire ça, dit Fanch en dégageant la montre de sa manche.

Il fronça les sourcils. La montre indiquait toujours 6 h 31. Il la porta à son oreille. Il n'entendit rien. Les aiguilles étaient immobiles. Ou bien elles bougeaient si imperceptiblement qu'il ne s'en rendait pas compte.

– Effectivement, on dirait que le temps n'existe pas au Pays des morts, annonça-t-il en leur mettant le cadran sous les yeux. Mais, à vue d'estomac, il ne doit pas être loin du petit déjeuner.

Ils rirent et se sentirent mieux. Ils grignotèrent les biscuits, burent l'eau de leur gourde.

– Une chance qu'il fasse si doux, dit Léonie en regardant ses pieds, déjà sales et couverts de terre.

– Dans le feu de l'action, on a oublié nos chaussures près du buisson, grogna Fanch en agitant ses orteils.

– Ce n'est pas grave, les rassura Victor. Comme le dit Léonie, il ne fait pas froid. Et puis, vous avez remarqué ? Les morts qui voyageaient avec nous sur le chariot ne portaient pas de chaussures. On dirait qu'il faut marcher pieds nus pour avoir le droit d'être ici.

– Croisons les doigts pour éviter les épines, dit encore Fanch en terminant ses biscuits et en ajustant son sac sur ses épaules.

Revigorés, ils quittèrent le buisson derrière lequel ils avaient trouvé refuge et prirent la direction de la montagne qui se dressait au loin. « Ça ne sera peut-être pas si compliqué que ça », se mit à espérer silencieusement Victor.

Mais à peine avaient-ils commencé à fouler l'herbe du chemin que d'inquiétantes formes surgirent à l'horizon.

Des silhouettes menaçantes, qui se dirigeaient droit vers eux.

20

DROIT VERS EUX

Les trois amis restèrent interloqués. C'étaient des morts ! Une dizaine de morts avançant d'un pas traînant dans leur direction.

– C'est quoi ? blêmit Fanch.

– Des habitants de ce pays, répondit Victor en pâlissant.

– Pourquoi est-ce qu'ils viennent vers nous ? s'inquiéta Léonie.

– Je n'en ai aucune idée, avoua Victor qui n'en menait pas large non plus. Peut-être parce que nous sommes vivants ?

– Et donc que nous n'avons rien à faire ici, continua Fanch d'une voix tremblante. On se croirait dans *Kill the Zombies*… C'est un cauchemar, je vais me réveiller.

– Sauf que dans *Kill the Zombies*, on a des bazookas pour se défendre, dit Léonie, les dents serrées.

En réalité, comme ceux qui étaient avec eux sur la charrette, les morts ne ressemblaient pas aux zombies des jeux vidéo. On aurait plutôt dit des fantômes. Solides comme des vivants mais décolorés, avec un côté vaporeux qui les rendait légèrement flous. Ils ne semblaient pas non plus assoiffés de sang, ni affamés de chair humaine. Simplement mécontents. La présence sur le rivage de Victor, Fanch et Léonie ne leur plaisait manifestement pas.

– On se barre, dit Fanch en faisant demi-tour.

– Je suis d'accord, ajouta Victor, cédant à la panique.

– Attendez-moi ! cria Léonie.

Ils prirent leurs jambes à leur cou en direction de l'endroit où ils avaient accosté. « C'est idiot, se dit Victor tout en courant. Sans l'Ankou et son chariot, on n'a aucune chance de retraverser le marécage. Il faut au contraire aller vers la montagne. Le dolmen. S'en tenir au plan. »

– Pas par là ! Ça sert à rien ! La montagne... Suivez-moi !

Victor se lança sur la pente herbeuse. Ses deux amis lui emboîtèrent le pas sans poser de question. Les morts modifièrent également leur course, apparemment décidés à ne pas les lâcher. Les trois enfants ne tinrent pas longtemps leur allure et furent bientôt obligés de ralentir. Fanch, plié en deux, peinait à reprendre son souffle. Léonie, qui fermait la marche, regardait régulièrement par-dessus son épaule. Elle remarqua que les morts perdaient du terrain.

– Ils continuent à marcher, annonça-t-elle aux autres. On peut les semer.

– Sans moi… répondit Fanch. Je suis incapable… de me remettre à courir…

– On pourra peut-être les distancer mais sûrement pas leur échapper, renchérit Victor. Il faudra bien qu'on s'arrête pour boire, pour manger, pour dormir. Alors, ils nous rattraperont.

– Mais c'est quoi la solution ? gémit Fanch.

Victor n'en avait aucune idée mais il ne voulait pas l'avouer à ses amis. Il les avait entraînés dans ce pétrin, c'était à lui de les en sortir.

– C'est Bert la solution, déclara-t-il en essayant d'affermir sa voix. Je vous l'ai dit : on va jusqu'à la montagne et on trouve le dolmen. Allez, suivez-moi. On va y arriver.

Léonie observa Victor. Est-ce qu'ils se débarrasseraient des morts simplement en grimpant sur le dolmen ? Rien n'était moins sûr. Cependant, elle se garda sagement de relancer la discussion.

– À votre avis, demanda Fanch qui soufflait, qu'est-ce qu'ils nous feraient, les morts, s'ils nous rattrapaient ?

– C'est le genre de question débile qui ne sert à rien, répliqua Léonie.

– Moi, je crois qu'ils nous ramèneraient jusqu'au marais et qu'ils nous jetteraient dedans, pour effacer toute trace de notre présence, continua Fanch. Et toi, Victor ? Tu en penses quoi ?

– Je pense comme Léonie. Et je me dis que ça serait bien d'accélérer un peu pour ne pas perdre notre avance !

Ils avaient gravi la colline qui surplombait les marécages par lesquels ils étaient arrivés à bord de la barque noire. Les attendait à présent une vaste plaine qui venait buter, quelques kilomètres plus loin, contre la fameuse montagne qu'ils cherchaient à atteindre.

– Ah… c'est pas tout près, constata piteusement Fanch.

– Raison de plus pour ne pas perdre de temps, dit Victor en sortant la gourde de son sac.

– Les morts sont derrière nous, annonça Léonie. Encore loin, mais ils ne nous lâchent pas.

Un silence accueillit la nouvelle. Ils burent rapidement avant de se remettre en route. Rien n'avait changé dans le ciel, toujours encombré de nuages et de brume. La lumière, pâle, ne variait pas, comme la température, ni trop chaude ni trop froide. L'herbe qu'ils foulaient était tantôt rase, tantôt haute. Des buissons de genêts et d'ajoncs venaient briser la monotonie de leur progression, les obligeant à contourner largement les broussailles par crainte des épines. Devant eux, la montagne se rapprochait enfin et offrait au regard des trois amis des détails nouveaux. D'abord, elle était plus escarpée que ce qu'ils pensaient. Ensuite, il s'agissait d'une petite chaîne de montagnes, et non d'une seule et même montagne. Enfin, ils distinguèrent un col qui pouvait leur permettre de la traverser et d'atteindre le dolmen que la carte de Bert le Semi-Mort situait sur le flanc opposé.

– Courage, lança Victor à ses amis d'une voix enthousiaste. On approche.

Léonie, qui surveillait la progression des morts, se retourna une nouvelle fois.

– Victor ! Fanch ! Les morts ! Ils...

– Quoi ? Ils nous rattrapent ?

– Non. Mais ils sont de plus en plus nombreux.

En effet, les morts n'avaient pas gagné de terrain, mais au lieu d'être une dizaine, comme au début, leur effectif approchait à présent la centaine. Une centaine de silhouettes spectrales et glacées qui les poursuivaient inlassablement d'un pas régulier et traînant. Saisis par une peur incontrôlable, Fanch, Victor et Léonie se remirent à courir en direction des montagnes, vers le col qu'ils avaient repéré.

– On n'y arrivera jamais, gémit Fanch en ralentissant. Ils sont trop nombreux.

– Ne dis pas de bêtises, répondit Léonie en l'attrapant par le bras pour l'inciter à garder l'allure.

Ils manquèrent percuter Victor qui s'était arrêté sans prévenir. Droit devant, surgissant également de nulle part, d'autres morts venaient à leur rencontre, leur bloquant le passage vers la montagne.

21

VERS LA MONTAGNE

– On est foutus, se désola Fanch. Les morts sont en train de nous encercler.

– Victor ? le supplia Léonie.

– Suivez-moi !

Il existait une ouverture, là d'où venaient les nouveaux morts. Un endroit qu'ils évitaient soigneusement. Une petite butte, recouverte d'herbe. Victor l'avait immédiatement repérée. S'ils se débrouillaient bien, ils pouvaient prendre les morts de vitesse et briser l'encerclement. Voilà le plan que Victor était en train d'imaginer dans son cerveau surchauffé. Sans attendre, il se mit à courir droit devant lui.

– Qu'est-ce qu'il fait ? Bon sang ! Il est devenu fou ?

– Non, Fanch, regarde, dit Léonie en montrant la butte vers laquelle courait leur ami. Il n'y a pas de morts là-bas. Allez, on y va !

La jeune fille se précipita sur les traces de Victor, suivie par un Fanch au bord de l'asphyxie.

– Allez, Fanch, on y est presque !

– Ahhhhh !

Le garçon se prit les pieds dans la broussaille et s'étala par terre de tout son long. Léonie se précipita vers lui. Les morts se rapprochaient.

– Léonie, aide-moi !

– Tu crois que je fais quoi, là ? grogna-t-elle en essayant de dégager le pied de son ami des herbes qui le retenaient.

Victor, lui, avait presque atteint la butte. Les morts faisaient un détour conséquent pour ne pas avoir à s'y frotter, ce qui laissait au garçon une vraie marge de manœuvre. Il se retourna pour encourager ses amis.

– Oh, non…

Fanch était allongé sur le sol, et Léonie se tenait près de lui. La situation était critique.

– Ce n'est pas possible, murmura de nouveau Victor, plus pâle que jamais.

Victor commença par se mettre à l'abri sur la butte. Les morts tournèrent vers lui leur visage blanc et inexpressif. Aux mouvements d'humeur qu'il crut déceler, le garçon comprit qu'ils étaient furieux de le voir hors d'atteinte. « Pourquoi les morts ont-ils peur de cet endroit ? » songea-t-il alors, étonné de ne pas s'être posé la question plus tôt. Il s'accroupit et s'intéressa à l'étrange monticule.

Il ne s'agissait pas d'une butte à proprement parler, mais d'un rocher, recouvert de plantes vivaces dont les fleurs blanches ressemblaient à des étoiles. « Des saxifrages ! » Grand-père lui en avait déjà montré. La chanson de Bert le Semi-Mort lui revint aussitôt en mémoire : « Grâce au rocher de Merlin, dessous les saxifrages/Ta lame tu aiguiseras/Et les défunts fuiront le carnage... » À présent fébrile, Victor arracha les fleurs, dégageant une fente qui semblait aller jusqu'au cœur du rocher. Il jeta un autre regard en direction de ses amis. Léonie avait réussi à dégager Fanch et ils s'étaient remis en route. Mais le garçon boitait. D'ici quelques minutes, les morts les rattraperaient. Tout reposait à présent sur Victor.

« Ta lame tu aiguiseras... » Il fouilla dans sa sacoche, en retira le poignard de son grand-père. Continuant à suivre son instinct, il sortit la lame du fourreau. Après une courte hésitation, il planta son couteau dans la faille et la retira aussitôt, comme Excalibur, l'épée de la légende du roi Arthur. Après tout, Bert avait appelé cet endroit le rocher de Merlin. « Si ça a marché pour le roi des chevaliers, pourquoi ça ne marcherait pas pour le roi des plans foireux ? » Un affreux bruit de métal résonna sur la lande. Les morts se figèrent. Ils tournèrent tous la tête en même temps en direction du rocher. Victor brandissait le poignard dont la lame à présent étincelait comme si elle avait pris feu.

Les morts commencèrent aussitôt à refluer : ils se retiraient, rebroussaient chemin ! Victor, agitant devant lui l'arme brillante, sauta du rocher et courut en direction de ses amis.

– La voie du dolmen est ouverte !

– Victor ! Comment tu as fait ?

– La solution était dans la chanson de Bert ! Je vous l'ai dit, il suffit de la décoder.

– Les morts s'en vont vraiment ? demanda Léonie.

– Ils repartent. J'espère qu'on ne va plus les revoir.

– Prends bien soin du poignard de ton grand-père ! l'implora Fanch.

– Tu as été incroyable, dit Léonie en approchant ses lèvres de la joue de Victor pour y poser un baiser.

Le garçon ne s'y attendait pas du tout et ouvrit des yeux ronds.

– Je rêve ou tu deviens rouge comme une paire de fesses tombées dans un buisson d'orties ? se moqua Fanch.

– Hum, hum, balbutia Victor tout en se remettant en marche. Ne traînons pas ici. On ne sait jamais, si les morts décidaient de ne plus avoir peur de mon couteau !

Léonie offrit l'aide de son épaule à Fanch dont la cheville restait douloureuse.

– Je voulais te dire, commença le garçon. Merci, Léonie. Tu aurais pu t'enfuir et m'abandonner. Je n'oublierai jamais ce que tu as fait pour moi.

– Quels que soient les dangers qui nous attendent… répondit-elle.

– … Zombies mangeurs de chair, trolls briseurs d'os ou vampires suceurs de sang… continua Fanch.

– … Nous les affronterons ensemble, termina Léonie.

Fanch acquiesça et força l'allure, malgré la douleur.

Ils atteignirent plus vite qu'ils ne l'auraient cru le pied de la montagne. Fanch repoussa gentiment son amie, lui signifiant qu'il se sentait d'attaque pour aborder la pente.

– Tu sais quoi, Léonie ? Quand on sera rentrés, je…

Mais Fanch avait surestimé ses forces. Son pied se déroba et il glissa au sol. Entraîné par son sac à dos, il roula au milieu des cailloux. Soudain, il disparut.

– Fanch ? Fanch !

Perdu dans ses pensées, Victor s'interrogeait sur le geste de Léonie. Qu'est-ce qui lui avait pris de l'embrasser sans prévenir ? Ce n'étaient pas des manières entre amis. Est-ce que Fanch l'embrassait sur la joue, comme ça ? C'était la première fois qu'une fille l'embrassait. Il songea que ça n'avait pas été désagréable. Juste étrange. C'est à ce moment-là qu'il entendit ses amis crier et rebroussa chemin.

– Qu'est-ce qui vous arrive ? demanda-t-il en rejoignant Léonie.

Elle se tenait immobile devant une crevasse qui se perdait dans les ténèbres.

– Quel idiot ! dit Léonie dont le menton tremblait. Il a fallu qu'il tombe là-dedans. Il ne pouvait pas regarder devant ?

22

REGARDER DEVANT

Léonie éclata en sanglots. Ce qui venait d'arriver à Fanch, c'était la goutte d'eau qui faisait déborder le vase. Trop de tension, trop d'émotions. Il fallait que ça sorte.

Victor, quant à lui, se précipita au-dessus de la crevasse. Elle n'était pas très large, mais elle s'enfonçait abruptement dans la roche. Les parois, lisses et verticales, empêchaient un quelconque sauvetage sans corde. L'obscurité qui régnait en dessous l'empêchait de distinguer quoi que ce soit.

– Fanch ? Fanch, tu m'entends ?

La voix de Victor ne suscita aucun écho. Au contraire, elle sembla comme avalée par les ténèbres.

– Fanch !

Victor tapa du poing sur le sol. Puis ses épaules s'affaissèrent.

– Fanch… Ce n'est pas possible. Pas toi.

Léonie s'approcha de lui en séchant ses larmes avec sa manche.

– Fanch n'a pas pu survivre à une chute comme celle-là...

– Tais-toi, dit Victor en ravalant ses larmes. Ce n'est pas possible qu'il soit mort. Il est peut-être seulement blessé. Il faut trouver un moyen de descendre là-dedans.

Ils firent plusieurs tentatives qui toutes se soldèrent par un échec. Ils se remirent à crier, chacun leur tour puis ensemble.

– Fanch ! Fanch !

Ils ne reçurent aucune réponse. Victor ne trouvait pas le courage de regarder Léonie. Il avait peur de voir dans ses yeux la confirmation de l'évidence : ils avaient perdu leur ami.

– Eh bien, lança Léonie d'un ton rageur, il suffit de le chercher parmi les morts, comme ta mère ! Et de le ramener, lui aussi.

Cette fois, Victor leva les yeux et découvrit chez son amie une force nouvelle.

– Tu crois qu'il est possible de mourir au Pays des morts ?

– Quand on est vivant, il est toujours possible de mourir, où que l'on se trouve.

Victor hocha lentement la tête. Le raisonnement de Léonie était trop simple. Mais imaginer qu'ils avaient une chance de retrouver Fanch était la seule chose capable de les sauver tous les deux du désespoir.

– Fanch ! cria Victor en se penchant au-dessus du gouffre. Où que tu sois, on te retrouvera ! Tu as ma parole !

– Et maintenant ? lança Léonie d'une voix qui tremblait.

– Le dolmen de Bert. Je n'ai pas de meilleure idée.

Léonie hocha la tête. Ils se remirent en route, après un dernier regard à la crevasse.

La pente était instable. Il n'y avait aucun chemin visible. Les deux enfants se frayaient une trace au milieu des herbes et des pierriers. Ils se dirigeaient instinctivement vers ce qu'ils estimaient être un col ; le dolmen se trouvait sur l'autre versant, il fallait franchir la montagne.

– Je me demande ce qui se passera quand on montera sur le dolmen, dit Léonie, brisant un silence pesant.

– Forcément quelque chose. Quand j'ai aiguisé mon couteau sur le rocher, tout à l'heure, les morts se sont mis à fuir, comme l'annonçait Bert le Semi-Mort. Si sa chanson dit qu'il faut monter sur le dolmen, c'est qu'un événement va se produire.

– C'est logique.

Ils poursuivirent leur route, s'efforçant de ne pas glisser, préservant leurs pieds des cailloux coupants, l'esprit torturé par la disparition de Fanch. Ils marchaient dans une étrange grisaille, sous un ciel bas qui semblait frôler le sommet de la montagne. L'herbe et l'eau avaient laissé place à la poussière et aux cailloux. Du salpêtre accroché aux grands rochers pâles apportait une nuance vaguement jaunâtre. Ce n'était guère mieux que la lande. Enfin, ils franchirent le col.

– Le dolmen est tout près, annonça Victor en rangeant la carte et en attrapant la gourde que lui tendait Léonie.

– Bonne nouvelle. Je commence à en avoir plein les jambes.

– Moi aussi. Entre la course avec les morts et cette pente interminable, j'ai fait assez de sport pour ma vie entière.

– À ta place, je ne me réjouirais pas si vite, prophétisa lugubrement Léonie.

L'absence de Fanch pesait sur eux d'un poids énorme. Même leurs dialogues sonnaient faux. Leur esprit était resté avec leur ami, en bas dans la crevasse. Leur cœur avait volé en éclats devant le gouffre. S'ils continuaient d'avancer, c'était seulement parce que Léonie avait allumé une petite, une toute petite, flamme d'espoir.

Ils aperçurent la silhouette imposante du dolmen qui reposait dans la pente sur un replat, à courte distance du col.

– Allez, Victor, dépêche-toi.

Léonie grimpa la première sur le monument, escaladant l'un des quatre piliers qui soutenaient l'immense dalle de pierre. Victor la rejoignit en soufflant. Mais le résultat valait franchement la peine : sous leurs yeux s'étendait le Pays des morts.

La perspective était époustouflante. Ils y voyaient beaucoup mieux qu'auparavant, comme si un voile s'était envolé. D'ailleurs, le ciel apparaissait nettement. À un bout, sept soleils jaunes ; à l'autre, sept lunes blanches. Aucun des astres ne bougeait, tous figés dans leur course. Le Pays des morts baignait bel et bien dans un temps suspendu.

– Les sept soleils de la chanson, murmura Léonie.

– Et là, ajouta Victor en montrant une vaste étendue noyée d'eau en contrebas : le marécage.

– Regarde, dit la jeune fille en tendant le bras et en désignant au loin un énorme creux entouré de noirceur. Ce truc, là-bas, c'est sûrement le gouffre de douleur. Il fait flipper jusqu'ici.

Victor ressortit la carte. Tout collait parfaitement.

– Dans ce cas, on a notre prochaine destination : « Près du gouffre de douleur le vent soufflera/Les génisses arrêteront leur ouvrage/Et un vieux sanglier se réveillera / Jusqu'aux pommiers sauvages / Il te conduira... »

– Je ne suis pas pressée de m'approcher de cet endroit.

– Il le faut, pourtant. C'est le seul moyen de trouver notre guide.

– Notre guide ? Tu parles du sanglier ?

– Ça te paraît plus étrange que la charrette de l'Ankou ou que les morts-vivants ?

– Non. Tiens, à propos de l'Ankou... Regarde, il repart.

Par le col, la vue donnait aussi sur le rivage qu'ils avaient abordé. Grâce au pouvoir du dolmen, ils voyaient aussi nettement de ce côté que de l'autre. Victor et Léonie assistèrent au départ de l'Ankou, son chariot sur la vieille barque noire. Il leur sembla qu'il tournait son regard vers la montagne et ils retinrent leur souffle.

– De toute façon, fit Victor en haussant les épaules, on n'avait pas spécialement prévu de rentrer avec lui.

– Qu'est-ce qu'on avait prévu, déjà ?

– Rien du tout. Mais chaque chose en son temps. Il faut d'abord retrouver Fanch. Et ma mère.

Ils descendirent du dolmen. Aussitôt, la vision qu'ils avaient, en haut, se réduisit, et le voile gris reprit sa place sur le Pays des morts.

– C'est par là, dit simplement Victor.

Ils s'élancèrent précautionneusement dans la pente en direction du gouffre de douleur, prenant garde à ne pas blesser davantage leurs pieds couverts d'entailles, délogeant les pierres qui roulaient en produisant des sons étouffés.

23

DES SONS ÉTOUFFÉS

Lorsque Fanch reprit connaissance, il était couché sur le sol. Du sable gris avait heureusement amorti sa chute. Il se releva péniblement, avec l'impression d'être brisé en mille morceaux. La lumière du jour lui parvenait faiblement.

– Si tu as mal... c'est que tu es vivant, grommela-t-il en répétant ce que disait son père pour relativiser les courbatures d'une rude journée de travail.

Il leva la tête. Le bord de la crevasse dans laquelle il était bêtement tombé après avoir dévalé la pente était hors de portée. À peine apercevait-il un morceau de ciel. Les parois n'offraient aucune prise et il abandonna vite l'idée de s'échapper en grimpant. Il appela à l'aide plusieurs fois, en vain. Il avait l'impression que sa voix ne montait pas. « Pourquoi Victor et Léonie ne sont-ils pas là-haut, penchés au-dessus du trou ? » s'étonna-t-il.

Mais ses amis le pensaient certainement perdu. À tous les coups, ils avaient crié pendant qu'il était évanoui. Après, les morts s'étaient peut-être remis en chasse, les obligeant à fuir. Il sentit la panique le gagner. Ce n'était pas le moment. Il devait au contraire retrouver son calme, avoir les idées claires pour envisager la suite. Il s'assit et posa son sac sur ses genoux. Dans la semi-obscurité, il eut l'impression que les héros de *La Guerre des étoiles*, dessinés dessus, lui adressaient des sourires encourageants. C'était une illusion, bien sûr, mais elle lui fit du bien. Ragaillardi, il entama avec entrain sa réserve de chocolat, se félicitant de sa prévoyance ; c'était tellement évident qu'il aurait à un moment ou un autre besoin de réconfort ! Il croqua une barre et sentit son énergie revenir. Il vérifia ensuite que sa lampe de poche ne s'était pas cassée dans la chute : elle fonctionnait parfaitement.

– Une chance, se réjouit-il à voix haute pour repousser les ombres.

Il mangea encore un peu, but à sa gourde et se remit debout. La lampe lui confirma que la galerie dans laquelle il se trouvait s'enfonçait au cœur de la montagne.

– Courage, Fanch. Ce tunnel débouche forcément quelque part.

Il se mit en route, bien déterminé à ne pas se laisser aller au découragement.

La galerie était régulière, suffisamment haute pour que le garçon puisse l'arpenter sans se pencher, assez large pour l'aborder de face. Il n'aurait su dire si elle était naturelle ou si quelqu'un, ou quelque chose, l'avait creusée. La galerie restait à peu près de niveau, ce qui le soulageait, car « plus on descendait et plus on se rapprochait de l'enfer » – c'était l'une des répliques cultes de *Kill the Zombies*. Il avait craint également la présence sous terre de bestioles effrayantes, chauves-souris, rats ou pire, mais avait été vite rassuré. Rien ne bougeait là-dessous, sauf lui. Tout était immobile. Sans vie. Mort, quoi.

Un long moment plus tard, il lui sembla que la galerie s'élargissait. Effectivement, le tunnel se transforma bientôt en vestibule puis en salle et il se retrouva à l'entrée d'une caverne gigantesque. Sa lampe, pointée devant lui, ne parvenait pas à en éclairer le plafond.

– Où est-ce que je suis ? s'étonna-t-il tout haut. Au cœur de la montagne ?

Le faisceau de lumière qu'il promenait autour de lui accrocha un reflet, dans un coin éloigné de la vaste grotte. Quelque chose comme une pierre brillante. Poussé par la curiosité, Fanch traversa la caverne. Il contourna une immense stalagmite et poussa un cri de surprise. Sous ses yeux, des milliers de pièces de monnaie en or, argent, bronze, simple ferraille jonchaient le sol, déversées de coffres éclatés et de sacs éventrés.

– Bon sang ! Qu'est-ce que c'est que ça ? D'où viennent toutes ces pièces ?

Il se pencha, en ramassa une recouverte de poussière. C'était bien réel, il ne rêvait pas. Est-ce que des pirates étaient venus jusque-là pour planquer leur magot ? Est-ce qu'il avait découvert le coffre-fort de l'Ankou ?

– Aucune importance, lança joyeusement Fanch en commençant à remplir ses poches de pièces d'or. Me voilà riche !

Avec ce qu'il allait ramener, ses parents pourraient arrêter de travailler. Ils auraient enfin du temps pour partir en vacances. Ils cesseraient de se plaindre de leurs douleurs, des taxes, de la météo. Ils pourraient s'occuper de lui, Fanch, grâce au merveilleux trésor trouvé au Pays des morts ! Puis le garçon se figea. Son cœur marqua un temps d'arrêt. Brusquement, il venait de comprendre. Il savait ce qu'étaient réellement ces pièces, comment elles s'étaient retrouvées là. Pourquoi elles avaient l'air si vieilles. Le prix du passage : c'étaient les pièces qu'on glissait dans la bouche ou la main des morts pour qu'ils puissent payer le conducteur ! Cocher ou batelier. L'Ankou. Fanch s'ébroua. Qu'est-ce qu'il était en train de faire ? Frissonnant, il les sortit de ses poches et les déposa une par une sur le sol. Il se souvint d'un film qu'il avait vu : des pirates avaient volé les pièces d'un coffre maudit et s'étaient retrouvés condamnés à errer pour l'éternité entre le monde des morts et celui des vivants. Il l'avait échappé belle ! Voler le trésor des morts, se coller une malédiction sur le dos : quelle idée vraiment stupide. Comme s'il avait besoin de ça. Sans un regard pour l'amoncellement de pièces laissées à la garde des ténèbres et de l'oubli, il revint sur ses pas et se mit à la recherche de la galerie. Il avait assez traîné, il était temps de trouver un moyen de regagner la surface.

– Courage, Fanch. Il y a forcément une sortie quelque part.

24

QUELQUE PART

– Tu crois vraiment qu'on va revoir Fanch ? Et si je m'étais trompée ?

D'un air grave, Victor se tourna vers son amie, tout en assurant ses pas sur le sentier qui les conduisait au bas de la montagne.

– On n'a pas le choix, Léonie, tu le sais bien.

– Ça ne veut pas dire qu'on va y arriver.

– Arrête un peu, tu veux ?

Ils cessèrent de parler pour se concentrer sur leurs pieds. Mais, dans leur tête, la question tournait en boucle. Ils ne pouvaient pas rentrer sans leur ami, c'était certain. D'abord, qu'est-ce qu'ils diraient à ses parents ? « Désolé, mais Fanch est resté au Pays des morts où on s'est rendus pour arracher la maman de Victor des griffes de l'Ankou. » Ridicule. Ils avaient juré de ne jamais se séparer. Et puis Victor avait promis, au bord de la crevasse, de ne pas l'abandonner. Une promesse, c'est déjà important. Quand on la fait à un ami, elle devient sacrée.

Victor et Léonie rejoignirent la lande à contrecœur. La brume, épaisse, donnait une impression de nuit.

– Tu sais par où il faut aller ? demanda Victor à son amie. Parce que moi, je suis complètement perdu. Ça paraissait évident vu du dolmen, mais là...

La jeune fille regarda autour d'elle. Un tour d'horizon limité à cause du brouillard. Tout était pareil. Elle haussa les épaules, tourna la tête à gauche et à droite.

– C'est par là.

– Tu es sûre ?

– Non, mais dans le doute, il faut toujours se fier à son instinct.

Victor se demanda un instant si Léonie ne se moquait pas de lui.

Léonie éclata d'un rire nerveux.

– Après, si tu as une meilleure idée...

– Non, admit Victor. Allons par là, on arrivera bien quelque part.

– Alors ça, c'est sûr ! Gros malin, va !

C'était la première fois qu'ils plaisantaient depuis que les morts les avaient pris en chasse. Ils avaient perdu Fanch, ils ne savaient pas où ils allaient, mais ils étaient toujours capables de blaguer. C'était bon signe, pour le moral en tout cas. Ils foulèrent une herbe rase d'où émergeaient de-ci de-là des buissons de genêts et d'ajoncs.

– J'ai l'impression que ça s'éclaircit, annonça Léonie en plissant les yeux.

Ils continuèrent dans la même direction. Ils marchaient à présent sur un terrain mou, gorgé d'eau.

– Euh... Je propose qu'on fasse demi-tour, dit Victor. Si ça continue, on aura bientôt de la boue jusqu'à la taille.

– Tu as raison. On est en train de s'approcher des marécages qu'on apercevait depuis le dolmen. Pour rejoindre le gouffre de douleur, si on se fie à la carte, il faut tourner le dos aux marais.

– Tu sais quoi, Léonie ? Ton instinct a pris l'eau !

– Ah ah ! Très drôle !

Ils firent demi-tour, soulagés d'avoir enfin une vraie direction. À cause de la brume et de la monotonie de la lande, ils auraient pu aussi bien marcher sur la mer, si c'était possible, ou fouler un désert de sable verdâtre.

– Je commence à en avoir marre, grogna Léonie. Ça fait combien de temps qu'on marche ?

– Trop longtemps, reconnut Victor. Mais on ne peut pas s'arrêter là. Attendons au moins d'avoir atteint les abords du gouffre.

Ils cheminèrent encore une bonne heure, en mode somnambule. Puis Léonie poussa une exclamation.

– Là !

Devant eux, des taches blanches venaient briser l'effroyable tristesse du paysage.

– Qu'est-ce que c'est ?

– Je ne sais pas, mais ça bouge.

– Des morts ?

Victor vérifia son couteau. La lame brillait toujours. Il se sentit rassuré.

– Non, répondit Léonie, pas des morts.

Une bourrasque de vent glacé les enveloppa, provoquant de désagréables frissons. Le brouillard s'amusa à disparaître et réapparaître, à se déplacer comme le drap d'un fantôme. Il finit par dévoiler les formes qui les intriguaient.

– « Près du gouffre de douleur le vent soufflera / Et les génisses arrêteront leur ouvrage… » récita Victor.

Face à eux, huit vaches blanches avaient relevé la tête de l'herbe qu'elles broutaient, et les observaient, plus surprises que fâchées.

– Elles vont nous charger, tu crois ? s'enquit Victor en se rapprochant de Léonie.

– J'espère que non !

Mais leur curiosité assouvie, les génisses retournèrent à leur paisible mastication.

– Ce sont les premiers animaux qu'on rencontre depuis qu'on a abordé ce sale pays, dit Léonie émue.

– On ne sait pas si ces vaches sont vivantes, corrigea Victor. Ou si elles sont mortes, d'ailleurs. Elles sont peut-être tout simplement... autre chose.

– Quoi qu'il en soit, si elles sont là, c'est que le gouffre de douleur n'est pas loin. Et avec lui le sanglier qui doit nous conduire je ne sais où.

– Je propose qu'on commence par se caler dans un coin pour reprendre des forces. Il sera bien temps de chercher le sanglier quand on sera reposés.

– Je vote pour, acquiesça Léonie, soulagée que Victor prenne cette initiative car, dans un sursaut de fierté, elle n'aurait jamais avoué la première qu'elle était complètement épuisée.

Ils cherchèrent un buisson assez épais pour se mettre à l'abri du vent. C'était une nouveauté ça aussi, le froid. Jusque-là les éléments semblaient figés. Ce vent mauvais, c'était la preuve qu'il se passait quelque chose.

Leur quête d'un endroit abrité les rapprocha de la source du vent. Ils distinguèrent une sorte de cuvette, au centre de laquelle un trou béant ressemblait à une plaie ouverte, aux bords purulents. Sourdait du vaste gouffre, en même temps que le vent terrible, une rumeur inhumaine, une plainte ininterrompue qui acheva de les glacer.

– On sait maintenant pourquoi ça s'appelle le gouffre de douleur. Filons d'ici.

Ils s'éloignèrent rapidement du gouffre et finirent par trouver, à bonne distance, un groupement de genêts suffisamment denses pour arrêter le vent. Ils aménagèrent un creux dans lequel ils se réfugièrent, sortirent les couvertures de leur sac. Puis ils se blottirent l'un contre l'autre.

– Je… n'arrive pas… à me réchauffer, dit Léonie en claquant des dents après avoir vainement tenté de se frictionner les pieds.

– Attends, je vais faire du feu.

Victor ramassa des brindilles et des branchettes que le vent avait heureusement séchées. Il parvint au bout de plusieurs tentatives à les enflammer avec son briquet.

– Ça ne chauffe pas beaucoup, constata Victor penaud.

– Non. Mais c'est joli. Ça chauffe au moins le cœur. Merci, Victor.

Léonie se serra davantage contre lui. Victor, noyé dans les cheveux de son amie, se sentit bien. Il ne manquait plus que Fanch auprès d'eux pour que sa quiétude fût totale. Que la bande se retrouve. Qu'ils soient enfin au complet.

25

ENFIN AU COMPLET

Fanch commençait à fatiguer. Cela faisait des heures, des jours, des semaines qu'il marchait sous la montagne. C'était en tout cas l'impression qu'il avait. Sa gourde d'eau serait bientôt vide et ses réserves de chocolat fondaient à une vitesse inquiétante. La galerie, qu'il arpentait depuis qu'il avait quitté la caverne aux pièces d'or, s'enfonçait toujours plus loin dans la roche. Elle était large et le sol régulier, ce qui était une bonne nouvelle pour ses pieds meurtris. La lampe du garçon éclairait des parois totalement lisses, comme si, en d'autres temps, un cours d'eau les avait polies. Fanch se demanda si Victor et Léonie avaient trouvé le dolmen, et ce qu'ils avaient bien pu y découvrir. Est-ce qu'ils l'attendraient là-bas ? Non, c'était ridicule. Ils pensaient sûrement qu'il était mort après sa chute dans la crevasse. C'était à lui de les retrouver.

« Mais comment ? » Chaque chose en son temps. Il devait, avant toute chose, s'extirper de cette satanée galerie.

En réponse à son vœu, une clarté fit bientôt son apparition loin devant. Oh, légère, presque imperceptible, mais bien réelle. « La fameuse lumière au bout du tunnel, plaisanta Fanch en lui-même, celle que l'on voit au moment de mourir. » Il trouvait ça drôle puisqu'il était déjà au Pays des morts. Puis la clarté s'intensifia. Aucun doute possible : il approchait de la sortie.

Le garçon déboucha à l'air libre assez loin de la montagne. Il avait parcouru plus de distance qu'il ne l'aurait cru. Il s'aida de ses mains pour parcourir les derniers mètres. La roche avait cédé la place à la terre ; le tunnel aboutissait au flanc d'un tertre couvert d'ajoncs. Son sac à dos s'accrochait aux branches. Fanch se piqua à plusieurs reprises aux buissons avant de parvenir à sortir complètement. Le passage n'avait pas été emprunté depuis une éternité. À l'extérieur, le garçon retrouva le brouillard et la luminosité grise du Pays des morts, entre jour et nuit. Ce qui changeait, en revanche, c'était le paysage ; il se trouvait en plein milieu d'un marécage.

– C'est malin, bougonna-t-il à voix haute. Tout ça pour en arriver là.

Il observa autour de lui le marais sombre et désolant, la brume ensevelissant sous son ombre grise les roseaux, les joncs et les sphaignes des trous d'eau insidieux. Un long frisson l'envahit. Jamais il ne pourrait quitter la butte sur laquelle il avait débouché et qui semblait le seul point solide à la ronde. Il s'assit entre deux buissons et se mit à pleurer.

Une lumière étrange tira Fanch de sa prostration. Le brouillard s'était en partie levé et dévoilait le ciel dans lequel brillaient à l'est sept croissants de lune. Fanch resta un moment émerveillé par cette apparition. Quand même, c'était fou. Sept lunes. Comme les sept soleils du poème de Bert le Semi-Mort. Machinalement, il murmura :

– « La vieille barque te déposera sur le rivage/ Éclairé par sept soleils et mille fleurs de cent carats… »

Une pensée lui traversa l'esprit, aussi impérieuse que celle qui lui avait fait comprendre, dans la caverne, qu'il ne fallait pas toucher aux pièces d'or. Il sauta sur ses pieds.

« La chanson dit aussi : “Et toi petit enfant loin de ton village/La lumière des lunes te sauvera/Si tu te laisses prendre aux pièges du marécage.” Je suis dans un marécage, non ? Et plutôt loin de mon village ! Alors, si le Semi-Mort dit vrai comme il l'a fait jusqu'à présent, les lunes vont me sauver. »

Il regarda de nouveau autour de lui. Quelque chose avait changé : au pied du tertre, éclairée par la pâle lueur des sept lunes, une bande d'eau brillait, comme un fil d'argent. Fanch remit son sac sur ses épaules et descendit précipitamment en bas de la butte où il avait trouvé refuge. Il examina la partie du marais illuminée, qui faisait un sentier partant vers le sud-ouest. Il poussa une exclamation de surprise : c'était bien une piste, dallée, recouverte d'une pellicule d'eau, que révélait la lumière argentée. Il posa le pied dessus. Elle paraissait solide. Fanch adressa une prière à qui voulait bien la recevoir pour que le brouillard ne revînt pas cacher le chemin miraculeux. Puis sans perdre plus de temps, il s'engagea sur les pierres immergées.

Par deux fois les lunes se voilèrent et Fanch attendit patiemment, les pieds dans l'eau, qu'elles réapparaissent. Il n'avait de toute manière pas le choix : sans l'aide précieuse de leur lumière, le sentier disparaissait, se fondait dans la monotonie du marécage. Sans qu'il s'y attendît, il se retrouva bientôt sur la terre ferme. Les jambes flageolantes, il se laissa glisser sur le sol. Il marchait depuis des heures sans pouvoir s'asseoir ni se reposer. Ses pieds étaient propres à présent, nettoyés de la terre de la lande et du sable de la galerie, mais tout fripés. Il s'étira, sortit de son sac une nouvelle barre de chocolat, but sa dernière gorgée d'eau. Il l'avait méritée. Puis il se releva. « Bon, je vais où maintenant ? Ça avait un côté pratique, ce chemin lumineux. » Il décida de continuer dans la même direction quand une odeur l'interpella. La première odeur qu'il sentait depuis qu'il était au Pays des morts.

– De la fumée, s'exclama-t-il. Un feu… Quelqu'un fait du feu, tout près d'ici !

Aucun mort ne ferait de feu. L'Ankou encore moins. Il fallait être vivant pour avoir froid. Ça ne pouvait être que Léonie et Victor. Fanch se mit à courir.

Victor et Léonie somnolaient devant le feu qui vivotait tant bien que mal, malgré leurs efforts pour le stimuler. Victor sursauta tout à coup.

– Léonie, réveille-toi ! J'ai l'impression que les vaches viennent vers nous.

– Tu as raison. Elles sont en train de nous charger ! Je sens la terre qui tremble.

– Et moi j'entends un souffle rauque, tout près.

Ils se levèrent d'un bond, prêts à prendre la fuite, quand Fanch déboula devant eux.

– Fanch ?? s'exclamèrent Victor et Léonie.

– Léonie ? Victor ? Je vous ai retrouvés ! J'y crois pas !

Il se jeta dans leurs bras en criant de joie.

– Fanch ! Tu es vivant ! On croyait que tu… Quand tu es tombé dans le gouffre, je…

– On était prêts à te chercher parmi les morts, en même temps que ma mère. Oh, Fanch, c'est incroyable !

Tous les trois pleuraient et riaient en même temps.

– C'est trop bon de vous voir ! Il m'est arrivé des choses hallucinantes ! J'ai trouvé un trésor ! Il y avait un chemin de lumière ! Je vous raconterai tout, promis. En attendant…

Ils ne profitèrent pas plus longtemps de leurs retrouvailles. Derrière eux, une chose énorme poussa un grognement. Ils se retournèrent d'un bloc. Le cauchemar semblait ne jamais s'arrêter.

26

NE JAMAIS S'ARRÊTER

Dans les buissons, tout près, quelque chose de terrible s'agitait.

– C'est quoi ? lança Fanch en se rapprochant de Léonie.

– Aucune idée, marmonna Victor en fixant les ajoncs trop épais pour dévoiler quoi que ce fût.

– Est-ce qu'on essaye de s'enfuir ?

– Pas le temps.

Victor sortit son couteau et, courageusement, se plaça devant ses amis, prêt à en découdre avec ce qui sortirait du trou. Une masse sombre jaillit du taillis et s'immobilisa à courte distance des trois enfants. C'était un sanglier, un énorme sanglier au poil noir et gris, mêlé de terre, qui les fixait de ses petits yeux noirs. Il tremblait de la tête aux pieds et semblait aussi surpris qu'eux.

– Qu'est-ce qui lui arrive ? chuchota Léonie.

– Il vient peut-être de se réveiller, suggéra Fanch. Moi, quand on me réveille d'un coup, je suis toujours de mauvais poil.

– Et qui l'a réveillé, hein ? En hurlant et en déboulant de nulle part ?

– Chut, taisez-vous, intervint Victor.

Considérant que les enfants ne constituaient pas un danger, le sanglier se calma. Il s'ébroua, grogna, puis il leur tourna le dos et s'éloigna en direction de l'ouest.

– Ouf, soupira Fanch. Il s'en va.

– Mais non, au contraire, il faut le suivre, lança Victor. Dépêchons-nous !

– Hein ? Tu rigoles ? Bon débarras, plutôt !

Victor leva les yeux au ciel puis se mit à réciter, agacé :

– « Un vieux sanglier se réveillera / Jusqu'aux pommiers sauvages / Il te conduira... » Ça ne te dit rien ?

– C'est vrai, quel idiot, se morigéna Fanch en secouant la tête. Vite, vite ! Vous attendez quoi ?

Le garçon se mit à courir sur les traces du sanglier. Victor et Léonie récupérèrent leurs affaires tout en échangeant un regard éloquent : leur ami était vraiment fatigant, parfois. Puis ils s'élancèrent après lui.

Le sanglier trottinait tranquillement, reniflant

de temps à autre l'herbe de la lande, comme pour s'assurer de son chemin. Fanch, Léonie et Victor avaient calqué leur allure sur la sienne, tant bien que mal pour le premier qui peinait encore une fois à suivre le rythme.

– Je ne suis pas sûr… de tenir jusqu'au bout… souffla-t-il à l'adresse des autres.

– Allez, encore un effort, l'encouragea Léonie. Parce que ce sanglier providentiel, ce serait idiot de le lâcher !

Le soutien de la jeune fille redonna de l'énergie au malheureux Fanch, qui serra les dents. Il allait sûrement perdre ses poumons dans la manœuvre et succomber à une crise cardiaque avant la fin, mais bon, il avait retrouvé ses amis après mille difficultés et pour rien au monde il ne les aurait perdus de nouveau. Léonie, au même moment, se disait, comme Fanch lorsque les sept lunes avaient dévoilé le chemin à travers les marais, que c'était bien pratique d'avoir un guide et de ne pas se demander sans arrêt où il fallait aller. Même si ce guide grognait et avançait sans paraître le moins du monde fatigué. Victor, quant à lui, était travaillé par une question : sa mère se trouverait-elle au bout de la piste ? Est-ce que le sanglier le mènerait à elle, ou bien vers une déception supplémentaire ? « Jusqu'aux pommiers sauvages/Il te conduira… » Victor se mit à espérer de toutes ses forces que quelqu'un les attendait là-bas.

– J'aperçois des feuillages, annonça Léonie qui courait en tête. On dirait une forêt.

Les contours d'une masse végétale brisaient à l'horizon la monotonie de la lande qu'ils arpentaient depuis... depuis longtemps, puisqu'il était impossible au Pays des morts de parler en jours ou en nuits. Le sanglier se dirigeait droit devant, de son trot régulier. Fanch, Victor et Léonie distinguèrent bientôt nettement les troncs, branches et feuilles d'une forêt de taille modeste, plutôt un bois, une sorte de verger sauvage. Leur guide à quatre pattes accéléra l'allure, brusquement excité, et se mit carrément à galoper vers la lisière.

– On va... le perdre... gémit Fanch désespéré. Tout ça... pour ça...

– Ça ne fait rien, le rassura Léonie. Il devait nous conduire aux pommiers. Mission accomplie.

– Ça veut... dire quoi ?

– Que c'est à nous de nous débrouiller maintenant, termina Victor à la place de Léonie.

Ils abordèrent la première rangée d'arbres. Il s'agissait bien de pommiers. Leurs branches étaient garnies de fruits rouges. C'est là qu'ils retrouvèrent leur sanglier, en train de croquer à belles dents une pomme tombée au sol.

– C'est pour ça qu'il courait, l'animal, dit Victor. Il avait faim.

– Normal, ajouta Léonie. On ne sait pas depuis combien de temps il dormait quand Fanch l'a réveillé, mais il devait avoir une sacrée fringale.

– Ah ! s'offusqua Fanch. Ce n'est pas moi qui l'ai réveillé ! En tout cas, pas moi tout seul.

– Oui, oui, c'est ça, se moqua la jeune fille.

– Ceci dit, je comprends tout à fait ce brave sanglier, continua Fanch en cueillant sur le premier arbre à portée une belle pomme juteuse. Les émotions, ça creuse !

– Hé ! Attention, l'arrêta Léonie. Rappelle-toi l'histoire de Blanche-Neige. Tu ne trouves pas ça bizarre, des fruits au Pays des morts ? Tu crois vraiment que les morts mangent des pommes ?

Une voix humaine les fit sursauter tous les trois. Lente, douce et chaude, elle avait surgi du cœur du bois, se répercutait d'arbre en arbre et de feuille en feuille.

– Oui, les hôtes de l'Ankou croquent dans ces pommes. Quand ils se sentent prêts. Quand ils veulent quitter cet endroit où ils sont morts sans l'être, pour le devenir tout à fait. Ces pommes offrent l'oubli aux fantômes que nous sommes. Elles nous transforment en filaments de brume et nous nous évanouissons pour de bon, laissant ce qui reste de nos douleurs dans le gouffre de douleur. Où cesse justement toute douleur.

Victor restait bouche bée. Tétanisé, il n'osait faire le moindre geste, de crainte de faire fuir la voix. La voix… Cette voix ! C'était celle de sa mère disparue.

27

SA MÈRE DISPARUE

Lentement, pour ne pas effrayer celle qui venait de s'adresser à eux, Victor se retourna, le cœur brûlant. Il distingua entre les arbres la silhouette d'une femme, vêtue d'une robe de laine épaisse et d'un long châle qui lui couvrait la tête. Victor avança d'un pas dans sa direction.

– Ma... Maman ? lança-t-il d'une voix étranglée par l'émotion.

La silhouette vacilla. Puis elle vint à sa rencontre, hésitante.

– Victor ?

Sa mère se tenait devant lui. Et ce n'était pas elle. Elle avait les mêmes traits, la même chevelure sous son châle, le même sourire un peu triste. Mais son visage était blanc, aussi blanc que de la craie. Ses cheveux si fins qu'on aurait dit des filaments de barbe à papa. Ses lèvres plus pâles que les pages d'un cahier. Tout son être paraissait vaporeux, intangible. Victor tendit vers elle une main tremblante. La silhouette de sa mère la prit et la serra. Victor ressentit un immense soulagement. Ce n'était pas un fantôme. Encore moins l'effet de son imagination. Cependant, les doigts qui tenaient les siens étaient glacés. Léonie et Fanch, les yeux écarquillés, ne perdaient rien de la scène. Ils ne bougeaient pas. S'ils avaient pu, ils se seraient éclipsés, tant ils avaient le sentiment d'être de trop. Ce moment appartenait à leur ami et à lui seul.

– Maman ? répéta le garçon. C'est bien toi ?

– C'est moi, Victor. Mon fils.

Il sembla au garçon qu'elle ravalait des sanglots.

– Tu as bien grandi, continua-t-elle d'une voix étranglée. Mais…

Une ombre l'envahit. Elle jeta des regards inquiets alentour.

– Que fais-tu là, mon bonhomme ? Oh, tu ne devrais pas être dans cet endroit… Non, tu ne devrais pas.

Elle l'avait appelé *mon bonhomme* comme Grand-père. Le surnom affectueux qu'elle lui donnait autrefois. Ça lui fit l'effet d'un souffle chaud sur le cœur.

– C'est pour toi que j'ai fait le voyage, Maman,

tenta de la rassurer Victor. Pour te ramener à la maison.

– Me ramener ?

Elle le fixa avec des yeux incrédules.

– Je suis venu pour ça, insista-t-il, avec mes meilleurs amis, Fanch et Léonie.

Le fantôme tourna la tête vers les deux enfants, qui frissonnèrent en lui rendant un salut timide.

– On a réussi à grimper dans le chariot de l'Ankou, poursuivit Victor qui s'exaltait. On a échappé aux morts qui voulaient nous attraper, on a grimpé sur le dolmen de la montagne, on a suivi le sanglier…

Le visage de sa mère se crispa sous l'effet de la peur.

– Vous ne pouvez pas rester ici. Les gardiens vont venir.

– Les gardiens ? Ne t'inquiète pas. J'ai le couteau de Grand-père. Il…

– Ton couteau ne les effraiera pas. Vous devez partir avant qu'ils vous trouvent. Sinon, ils vous embarqueront sur leurs navires. Ils cherchent des rameurs. Ils manquent toujours de bras. Vous ramerez jusqu'à la fin des temps.

Elle se tordait les mains d'angoisse. Dans leur coin, Fanch et Léonie échangèrent un regard.

– Tu penses à ce que je pense, Fanch ?

– Bert le Semi-Mort…

– Exactement, Bert le Semi-Mort : « C'est alors qu'il te faudra du courage/Car dix navires d'apparat/Et onze gardiens ivres de rage/Te chasseront en grognant, comme un scélérat… »

– Je ne vois pas trop d'où peuvent surgir ces bateaux, mais une chose est sûre, Léonie : Bert le Semi-Mort ne s'est jamais trompé jusqu'à présent.

De son côté, Victor suppliait désespérément sa mère.

– Maman ! S'il te plaît, viens avec moi !

– Tu ne devrais pas être là… Moi non plus, je me suis trop attardée, je m'en rends compte, c'est ma faute…

– Ta faute ? répéta Victor qui ne comprenait plus rien.

Elle retira brusquement sa main. Surpris, Victor chancela. Les yeux mouillés de larmes, la silhouette le regarda encore une fois puis s'enfuit entre les arbres.

– Maman ! hurla Victor.

Il restait tétanisé. Il ne sentit même pas la main de Léonie se poser sur son épaule pour le secouer.

Au loin, le mugissement d'une corne de brume vint déchirer le silence.

– Les gardiens, annonça la jeune fille d'une voix blanche. Les gardiens… Ils arrivent !

28

ILS ARRIVENT

Fanch tira Victor par le bras.

– Allez, grouille !

Victor restait hébété. Sa mère avait disparu. Elle s'était volatilisée.

– Elle n'est plus là, lui confirma Fanch. Et nous aussi, on devrait filer avant que les gardiens n'arrivent.

– Maman…

Devant son absence de réaction, Léonie l'attrapa par le col et le secoua.

– Tu as entendu ? Elle est partie ! Reprends-toi, Victor.

– Il faut s'en aller, le supplia Fanch. Sinon, on va vraiment être mal.

Mais le garçon n'écoutait pas. Sa mère l'avait abandonné de nouveau. Elle l'avait abandonné. C'était l'unique pensée, l'unique émotion qui le taraudait. Sans réfléchir, il s'arracha à ses amis et se précipita sous les pommiers, où le fantôme avait disparu.

– Victor ! hurla Fanch, prêt à s'élancer à sa poursuite.

Léonie le retint au dernier moment.

– Trop tard, souffla la jeune fille.

Du gouffre de douleur, dix navires émergèrent au milieu du brouillard. Ils étaient dépourvus de voiles et de rames. Sur chacun d'eux, à la proue, se tenait une sinistre silhouette dissimulée sous un épais manteau noir. Un onzième gardien marchait devant, tirant les bateaux derrière lui, à l'aide de chaînes. Sa force était gigantesque. Le bois des navires craquait et grinçait sous la traction formidable, les coques raclaient la terre humide en creusant de terribles sillons. L'un des gardiens porta à sa bouche une corne et un rugissement lugubre vint frapper les oreilles de Fanch et de Léonie, pétrifiés par cette apparition.

– Il faut y aller, murmura Léonie.

– Et Victor ? On ne peut pas le laisser tomber !

– Tu as vu son regard ? Il était comme fou. C'est comme si on n'existait plus pour lui.

– Il faut le comprendre. Retrouver sa mère après tout ce temps. Quel choc !

– C'est vrai, mais ça n'arrange pas nos affaires.

Pourvu qu'elle parvienne à le raisonner ! Maintenant, inutile de traîner davantage dans le coin… Filons !

Tournant le dos aux navires et à la forêt, Léonie se mit à courir.

– Courir, encore courir, toujours courir, râla Fanch en lui emboîtant le pas. Si je m'en sors, je jure de ne plus jamais courir de ma vie !

– Économise ton souffle et avance, le rabroua Léonie.

– Où est-ce qu'on va ?

– Tu n'écoutes plus Bert le Semi-Mort, Fanch ? Dans la forêt pétrifiée.

– La forêt… ?

– Le champ de menhirs, sur la carte.

– Ah, oui ! Et ensuite ?

– Une fois là-bas, on fera ce qu'on fait depuis le début.

– Ne dis rien, soupira Fanch : on improvisera. Tu crois que Victor aura aussi l'idée d'y aller ?

– S'il retrouve ses esprits, oui. C'est lui qui nous pousse depuis le début à suivre à la lettre les indications données par la chanson.

Léonie sortit la carte de son sac. Un coup d'œil lui suffit pour constater que les menhirs étaient encore à bonne distance. « Est-ce qu'il y a une autre solution ? » se demanda-t-elle. Leur situation ressemblait bigrement à celle du début de leur aventure, quand ils étaient poursuivis par les morts et qu'ils se hâtaient en direction du dolmen, sans savoir si celui-ci les sauverait. Est-ce qu'ils tomberaient encore une fois sur une aide providentielle ? Si cette aide existait, elle se trouvait près des menhirs.

– Ralentis… un peu… supplia Fanch.

– Tu as envie de passer le reste de ta vie à ramer sur les bateaux des gardiens de l'enfer ?

Fouetté par ce rappel, Fanch se reprit et força même l'allure en soufflant comme une vieille machine fatiguée.

– Ils sont loin ? Tu les vois ?

– Je les vois, répondit Léonie. Ils ont abandonné leurs navires pour aller plus vite.

– Il faut qu'on atteigne les menhirs avant qu'ils ne nous rattrapent !

En réponse à la prière de Fanch, apparurent dans leur champ de vision, à quelques centaines de mètres, les contours d'une forêt de pierres levées. C'était leur dernière chance.

29

LEUR DERNIÈRE CHANCE

Victor, lui, s'enfonçait toujours plus loin au milieu des pommiers. Il allait au hasard, dans la direction qu'avait prise sa mère, sans s'inquiéter de savoir s'il ne faisait pas fausse route, ni si ses amis le suivaient. Une fièvre malsaine s'était emparée de lui. Fanch, Léonie, même son grand-père, tous avaient disparu de son esprit. La seule chose qui comptait, qui l'obsédait, qui lui donnait à la fois la force et l'envie de se battre, c'était sa mère.

– Maman… Maman… murmurait-il comme un automate en se glissant entre les troncs.

– Victor, lui répondit sa mère en surgissant de nulle part devant lui.

*

Fanch et Léonie s'étaient engouffrés entre les menhirs qui se dressaient sur une colline. De grandes pierres dressées faisaient en effet comme les troncs d'une forêt.

– Et maintenant, qu'est-ce qui va se passer ?

Léonie répondit à la question de Fanch avec un haussement d'épaules.

– Je n'en sais pas plus que toi. Tout est dans la chanson.

– La chanson, bien sûr. Rappelle-moi ce qui vient après : « Onze gardiens ivres de rage/Te chasseront en grognant, comme un scélérat… » ?

– « Sèche tes larmes sur ton visage/De la forêt pétrifiée la vache noire surgira/Plante ta flèche dans son poitrail sauvage/Le sang coulera et la trompe sonnera/Annonçant comme un coup de tonnerre l'heure du grand voyage… ».

– Toujours aussi clair, Bert le Semi-Mort, soupira Fanch. Où est la vache ? Et la flèche ?

– Aucune idée. Par contre, les gardiens ivres de rage sont en train d'arriver.

Neuf silhouettes drapées dans leurs grands manteaux noirs approchaient de la colline aux menhirs dans un silence effrayant. Juste avant d'atteindre les premières pierres levées, les spectres se séparèrent et encerclèrent la forêt pétrifiée, de manière à couper toute retraite aux deux enfants.

– L'avantage d'avoir survécu à un trajet dans la charrette de l'Ankou, à une attaque de morts-zombies, à une chute dans une crevasse, à des kilomètres de course à pied et à une pomme empoisonnée, c'est que je n'ai plus la force de hurler de terreur, dit Fanch en s'efforçant d'avoir l'air blasé.

– Garde ta salive, tu en auras besoin pour raconter tes souvenirs en ramant sur les navires de l'enfer, répondit Léonie dans une tentative d'humour désespérée. L'éternité, c'est long.

Fanch fronça les sourcils.

– À propos… Ils ne devraient pas être onze ? Onze gardiens ? Je n'en vois que neuf.

– Tu as raison. Les deux autres sont peut-être restés près de leurs navires. À moins que…

– À moins que ?…

– Qu'ils ne soient partis sur les traces de Victor, dit Léonie d'une voix blanche.

*

Victor cette fois n'hésita pas. Il se précipita dans les bras de sa mère. Et qu'importe qu'elle soit vaporeuse et glacée : il l'avait retrouvée, il ne la laisserait plus s'en aller.

– Pourquoi es-tu partie tout à l'heure ? lui demanda-t-il.

– J'avais peur, répondit-elle en caressant les cheveux de son fils. Peur pour toi. Tu ne dois pas rester au Pays des morts, Victor, c'est trop dangereux.

– La vie sans toi, Maman, c'est trop dur. Je n'y arrive pas.

Elle caressa la joue du garçon qui frissonna.

– Tu es partie en me laissant tout seul, continua-t-il.

Il sanglotait à présent.

– Mon enfant… Si tu savais comme je suis désolée ! J'aurais tant aimé être là, pour te voir grandir, partager avec toi de merveilleux moments. Mais les choses ne se sont pas passées comme ça. Je n'y peux plus rien. Et toi non plus.

Elle continua de sa voix douce :

– Regarde dans ton cœur, Victor. Tu as des amis qui t'ont accompagné jusqu'au Pays des morts. Qui peut se vanter d'avoir de tels amis ? Et puis tu as Grand-père. Il t'aime plus que tout au monde.

– Je sais, souffla Victor. Mais je t'ai retrouvée. Je ne te lâcherai plus.

Elle soupira.

– Ici, au Pays des morts, nous sommes seulement à mi-chemin. En transit. Pour nous habituer, nous faire à l'idée. Trop loin et trop près des vivants. Quand tu seras parti, je croquerai dans une pomme et je m'en irai vraiment. Brume parmi les brumes. Morte pour de bon, c'est-à-dire libérée de tout. Je ne serai plus alors qu'une présence dans ton cœur. Une émotion vivace. Un petit quelque chose qui ne t'empêchera plus de vivre mais, au contraire, t'accompagnera. Qui sera toujours avec toi.

– Je ne comprends pas. Pourquoi tu ne veux pas rentrer à Kermonac'h avec moi ? Je ne pourrai jamais...

Un craquement de branches interrompit Victor. Il se retourna. Deux silhouettes ténébreuses se dirigeaient vers eux, louvoyant entre les pommiers.

*

Les neuf gardiens s'étaient immobilisés, à distance régulière les uns des autres, autour de la colline aux pierres. On les distinguait mieux à présent. Ils étaient de haute taille, très maigres. Le manteau qui les dissimulait, mangé par la moisissure, tombait en morceaux. On distinguait à peine leur visage, envahi par la barbe. Verdâtres, ils semblaient légèrement décomposés, comme après un séjour prolongé au fond de l'eau. Quant à leurs yeux, ils brillaient d'une terrible lueur.

– Qu'est-ce qu'ils attendent ? s'étonna Léonie. On est pris au piège, ils le savent bien.

– C'est peut-être leur plan, soupira Fanch : nous faire mijoter dans notre trouille.

L'un des gardiens empoigna de nouveau sa trompe et souffla dedans. Un son terrible vint frapper les menhirs et fit sursauter les deux enfants.

– Ça y est, gémit Fanch, c'est le signal, ils attaquent !

Mais avant que quiconque fasse le moindre geste, un mugissement puissant répondit à la sonnerie et une vache déboula d'entre les pierres levées, furieuse, faisant vibrer la colline sous le tonnerre de ses sabots.

*

Victor poussa un cri. Sa mère l'attrapa par la main.

– Ils ne doivent pas te prendre. Non. Ils ne te prendront pas.

Ils se mirent à courir. Le fantôme semblait parfaitement savoir où il allait, guidant Victor entre les arbres.

– Maman, où est-ce qu'on va ?

– Je te mets à l'abri.

Derrière eux, les gardiens gagnaient irrésistiblement du terrain.

– Ils nous rattrapent !

– On arrive bientôt.

Brusquement, les troncs s'espacèrent. Le bois s'éclaircit et ils aperçurent de nouveau la lande. Plus loin, à courte distance, se dressait la forêt pétrifiée de Bert le Semi-Mort. Le fantôme s'agenouilla devant Victor.

– Tu seras en sécurité là-bas. Tu n'as qu'à courir jusqu'aux menhirs.

– C'est hors de question que je t'abandonne ! Viens avec moi. S'il te plaît…

– Je ne peux pas, mon chéri.

– Mais, Maman !

– Victor, le temps presse.

Derrière eux en effet, les gardiens se rapprochaient dangereusement, leur manteau flottant autour d'eux comme une ombre. La mère de Victor adressa un dernier sourire à son fils, se pencha et cueillit une belle fleur jaune à ses pieds. Elle la lui tendit et il la prit entre ses doigts tremblants.

– Quand le monde semble sur le point de s'écrouler, mon chéri, une simple fleur peut tout remettre d'aplomb. Cours maintenant.

Elle le poussa gentiment en avant. Les gardiens n'étaient plus qu'à quelques pas. Ils tendaient déjà les bras pour attraper le garçon. Victor se retourna, les yeux noyés de larmes.

– Maman…

– Je t'aime, Victor. Je t'aimerai pour toujours.

Puis elle sortit une pomme de sous sa robe et croqua dedans sans hésiter.

– Nooooooon !

Aussitôt, le fantôme se transforma en brume, qui dissimula un temps Victor aux yeux des terribles poursuivants. Il comprit que sa mère venait de se sacrifier pour lui venir en aide une dernière fois. Alors il se précipita en direction de la colline.

*

La vache qui avait surgi entre les menhirs était énorme, ses pis imposants, sa robe noire avec une étoile blanche sur le front. Elle ressemblait davantage à un aurochs, un monstre surgi de la préhistoire, qu'à la Rosine du grand-père de Victor. Léonie et Fanch essayèrent de se faire les plus petits possible.

– Au moins, glissa la jeune fille, on sait pourquoi les gardiens hésitent à aller plus loin.

– Tu imagines des vaches comme ça dans la ferme de mes parents ? s'extasia Fanch.

– Pas vraiment, non, le corrigea Léonie. Elles détruiraient tout en cinq minutes !

La vache noire agitait la tête de tous côtés, défiant de ses cornes gigantesques les gardiens qui se gardaient bien de bouger. Elle se désintéressait par contre totalement des enfants qui se trouvaient pourtant tout près.

– Bon, cette fois, on est cuits, souffla Fanch.

Léonie s'insurgea. Ce n'était pas dans sa nature de subir. Fanch avait peut-être tendance à s'abandonner à la fatalité mais elle, Léonie, était une battante. Elle fouilla dans son sac.

– On ne va quand même pas se laisser capturer sans rien faire, marmonna-t-elle.

– Qu'est-ce que tu dis ?

– Place à l'action. Ah ! Je l'ai !

Elle sortit triomphalement sa médaille de meilleure tireuse à l'arc. Fanch l'observa d'un regard incrédule : son amie était en train de péter les plombs.

– Léonie ?

– Ça passe ou ça casse, lui répondit-elle avec un sourire qui tirait franchement vers la grimace.

Puis elle se précipita en direction de la vache noire qui mugissait comme une furie.

*

Victor courait de toute la vitesse de ses jambes. Il venait de perdre sa mère pour la deuxième fois. Elle s'était sacrifiée pour qu'il puisse s'échapper. Elle avait hanté, incapable de le laisser tout à fait, cet affreux Pays des morts. Il avait été égoïste et stupide. Son grand-père l'avait pourtant prévenu. « L'Ankou vient balayer le monde pour faire de la place aux vivants. » Il ne la reverrait plus jamais. Tout était fini. Brusquement, ses forces le fuirent. Il eut l'impression que son cœur se déchirait et il s'effondra par terre, terrassé par le chagrin et le désespoir. À deux pas des menhirs. À deux pas du salut.

30

À DEUX PAS DU SALUT

– Léonie ! Reviens ! hurla Fanch, tandis que Léonie s'élançait en plein sur la vache monstrueuse.

Les cris du garçon ne parvinrent pas à stopper la course de la jeune fille qui visait le poitrail couvert de poils noirs, drus et rêches, tout en brandissant sa médaille. Cette fameuse médaille représentant une archère à genou, arc bandé pointé vers le ciel. La flèche, dans un souci esthétique, dépassait du trophée d'un bon centimètre. C'est ce centimètre-là que Léonie planta de toutes ses forces dans l'énorme poitrine, avant de basculer en arrière sous le choc. Fanch se précipita pour relever Léonie et l'entraîner hors de portée de la vache qui ruait et sautait de plus belle.

– Pourquoi tu as fait ça ?

– La chanson, évidemment, répondit-elle : « De la forêt pétrifiée la vache noire surgira/Plante ta flèche dans son poitrail sauvage. »

Bert le Semi-Mort, songea amèrement Fanch. À cause de lui et de sa chanson débile, ils se retrouvaient maintenant dans une situation dangereuse. Les intuitions avaient leurs limites ! Agresser la vache qui les protégeait des gardiens ? Avec une médaille en plus ? C'était absurde !

La vache cessa bientôt de tourner sur elle-même. Elle observa les enfants, comme si elle les voyait pour la première fois. Puis elle gratta le sol et les chargea.

– Je suis désolée, murmura Léonie. Sur le coup, ça m'a paru une bonne idée.

– Au moins, tu as tenté quelque chose, la consola Fanch en ravalant son dépit. Entre se faire écrabouiller par une vache et se retrouver aux mains des gardiens, je ne sais pas ce qui est le pire.

La bête n'était plus qu'à deux pas des enfants. Ils pouvaient voir distinctement sa poitrine. Ainsi qu'une petite tache rouge où Léonie l'avait frappée. Les faibles dimensions de l'arme improvisée, l'épaisseur des poils et de la peau n'avaient provoqué qu'une légère égratignure. Mais la vache saignait un peu. Et ce peu fut suffisant. Au moment où elle allait les embrocher avec ses cornes gigantesques, en poussant un terrible mugissement semblable au son d'une trompe de chasse, une goutte de sang tomba par terre. Alors les éléments se déchaînèrent. Les gardiens furent balayés par une énorme bourrasque. Les menhirs s'illuminèrent, frappés par des éclairs. La vache, effrayée, dévia sa course et, abandonnant l'idée de se venger, s'enfuit à travers la lande. Le ciel se déchira dans un bruit de fin du monde. Fanch et Léonie furent engloutis par les ténèbres qui se répandirent sur la colline, débordant jusqu'aux pommiers, comme l'eau d'un barrage détruit.

*

Victor émergea d'un sommeil lourd et sans rêves. Il respira profondément et sentit de riches odeurs de terre, de sel, de fleurs. Il ouvrit les yeux. Le ciel au-dessus de sa tête était rempli d'étoiles. Il se redressa, frissonnant ; un buisson d'ajoncs bougeait sous l'effet d'une brise froide. Un coup d'œil lui apprit qu'il était revenu à Kermonac'h, à l'endroit exact d'où ils étaient partis. À la différence que ni Fanch ni Léonie n'étaient à ses côtés. « C'est logique, songea-t-il. On a été séparés au Pays des morts. » Il se remit sur ses pieds.

– Fanch !? Léonie !?

Ses appels angoissés restèrent sans réponse.

– J'espère qu'ils vont bien, murmura-t-il accablé.

Tout ça, c'était sa faute. S'il ne les avait pas

abandonnés en courant après sa mère au milieu des pommiers, ils seraient encore ensemble. Qu'est-ce qui leur était arrivé ? Comment avait-il quitté le Pays des morts ? Il se souvenait juste d'être tombé en courant vers les menhirs. Victor ne parvenait pas à réfléchir. Il grelottait. Il mourait de faim. Il tenait à peine debout. La fatigue lui tomba dessus d'un coup. Il n'eut soudain plus qu'une envie : rentrer chez lui. Il chercha ses chaussures, les enfila en grimaçant de douleur. Puis, abandonnant sa musette devenue trop lourde, il prit la direction de la maison.

*

Fanch se réveilla en sursaut. Il cligna des yeux, reconnut le buisson d'ajoncs derrière lequel ils attendaient le passage de l'Ankou. « C'est malin, songea-t-il. On s'est endormis. À tous les coups la charrette de l'enfer est passée sans qu'on s'en aperçoive. » Il secoua Léonie qui dormait encore. Elle grogna.

– Tu sais quoi ? lui dit-il quand elle se releva à son tour en se frottant les yeux. On est tellement nuls qu'on a réussi à s'endormir.

– Hein ? On s'est endormis ? Et l'Ankou ? Tu l'as entendu ?

– Je viens juste de me réveiller.

Sans se concerter, ils regardèrent leurs pieds. Ils étaient écorchés et crasseux. Puis ils promenèrent leur regard alentour ; ils étaient bien à Kermonac'h.

– J'ai fait un rêve incroyable, dit Léonie. On était au Pays des morts et on avait retrouvé la mère de Victor.

– Eh bien, moi, j'ai rêvé que des zombies me poursuivaient. Je suis même tombé dans une crevasse.

Ils se turent, embarrassés.

– Euh… C'est normal d'avoir fait le même rêve ? lança Léonie en fronçant les sourcils.

Fanch consulta sa montre. Elle marchait de nouveau mais indiquait toujours 6 h 31.

– Léonie ! Je crois bien que le rêve qu'on a fait, ce n'était pas un rêve.

– Pas un rêve ? souffla-t-elle. Tu veux dire que… qu'on a vraiment vécu tout ça ?

Ils se turent, laissèrent le temps à leurs souvenirs de revenir du Pays des morts. Le rivage où l'Ankou les avait débarqués, les morts et la course sur la lande, le rocher de Merlin et le couteau qui les avait fait fuir, le dolmen d'où l'on voyait tout, la disparition de Fanch dans une crevasse et sa réapparition aux abords du gouffre de douleur, le sanglier et la pommeraie, l'arrivée terrifiante des gardiens, le champ de menhirs protecteur, la vache noire, la puissante tempête, leur retour inexpliqué chez les vivants… Léonie poussa un cri.

– Victor ! se lamenta-t-elle. Il est resté au Pays des morts. On l'a abandonné.

Fanch et Léonie restèrent sans voix un long moment.

– Je n'en reviens pas qu'on ait abandonné Victor, murmura Léonie.

– Ce n'est pas ta faute, Léonie, ni la mienne. Rappelle-toi : Victor nous a faussé compagnie. Et puis on a été pourchassés par les gardiens qui voulaient nous recruter de force pour leurs bateaux. Et puis… Oh !

– Oh quoi ? Pourquoi tu fais cette tête ?

– Quand tu as frappé la vache noire et que la tempête s'est levée, elle a pu emporter Victor en même temps que nous !

– Tu vois bien qu'il n'est pas là…

– Il est peut-être déjà arrivé ! Ou pas encore… Rappelle-toi, le temps passe bizarrement au Pays des morts. Mais il y a un moyen de vérifier.

Fanch se mit à quatre pattes et fouilla les alentours du buisson.

– Voilà qu'il se prend pour le vieux sanglier du gouffre de douleur, maintenant, dit Léonie en secouant la tête.

Mais le garçon poussa un cri de triomphe.

– Nos chaussures ! J'avais raison ! Il y a les nôtres mais pas celles de Victor. Et regarde : il a laissé sa sacoche !

Léonie se précipita pour constater que Fanch disait vrai.

– Fanch ! Tu es un génie !

– Dire que je n'ai rien pour t'enregistrer...

– Tu es bête.

– Faudrait savoir !

– Bon, Victor est arrivé avant nous mais il a quitté le buisson. Où est-ce qu'il peut être ?

Ils se regardèrent et répondirent d'une seule voix :

– Chez son grand-père !

Ils enfilèrent fébrilement chaussettes et chaussures puis, abandonnant également leurs sacs dans le buisson, foncèrent en direction du village qu'ils avaient quitté depuis seulement quelques minutes. Un temps qui leur avait paru durer des jours.

*

– Victor ? s'étonna Grand-père en ouvrant la porte. Tu es tout seul ? Où sont les autres ? Mon garçon... Qu'est-ce qui t'est arrivé ? Tu es dans un état lamentable.

Grand-père s'empressa de faire entrer Victor qui

se jeta aussitôt dans ses bras pour pleurer toutes les larmes de son corps.

– Eh bien, qu'est-ce qui se passe ? demanda-t-il décontenancé en serrant contre lui son petit-fils.

Victor sanglotait, incapable de répondre.

– Tu t'es disputé avec Fanch et Léonie, c'est ça ? Vous vous êtes battus ?

Le garçon secoua la tête.

– Non… non… ce n'est… pas ça…

– Alors quoi, tu ne veux pas me dire ?

– C'est… Maman…

– Ta mère ?

– Je… l'ai… vue…

Grand-père resta sans voix, essayant de comprendre à travers les pleurs ce que Victor essayait de lui dire.

– Tu as vu ta mère ?

– Elle était… comme un… fantôme…

– Comme un fantôme ?

– Oui…

Grand-père le berça un moment sans répondre.

– Cela ne m'étonne pas, mon bonhomme. La Samain est une étrange période. La frontière entre les mondes est plus mince. Des apparitions sont toujours possibles.

Victor leva vers lui un visage implorant, baigné de larmes.

– Alors… tu me crois ?

– Bien sûr que je te crois, répondit son grand-père les yeux humides. Je vais même t'avouer quelque chose que je n'ai jamais dit à personne. Les soirs de Samain, je pars sur la grève, tu sais, celle où on cherche les coquillages. Je me promène dans l'espoir de voir apparaître, même furtivement, la silhouette de ta grand-mère.

– Grand-père… Je t'aime, tu sais…

– Moi aussi, je t'aime, bonhomme, répondit le vieil homme profondément ému.

*

On martela contre la porte et Grand-père alla ouvrir. Il découvrit sur le seuil Fanch et Léonie, dans le même état que Victor, le regard baissé et l'air penaud.

– Entrez, ne restez pas dans le froid, dit-il.

– Est-ce que Victor…

– Victor est là, ne vous inquiétez pas.

Le soulagement qu'il lut sur le visage des enfants lui tira un sourire.

– Ne faites pas trop de bruit, il est dans sa chambre, il dort. Il n'a même pas voulu manger.

Léonie leva sur le vieil homme un regard grave.

– On va tout vous expliquer.

– C'est inutile, répondit Grand-père en secouant gentiment la tête. Je sais ce qui s'est passé, Victor m'a tout raconté.

Léonie et Fanch échangèrent un regard inquiet. Leur aventure devait à tout prix rester secrète. C'est ce qu'ils avaient décidé tous les trois.

– Quand vous êtes partis tout à l'heure, continua Grand-père, il faisait nuit. Victor a cru voir sa mère sur la lande. Il s'est lancé à sa poursuite. J'imagine que vous l'avez suivi mais que dans l'obscurité, vous vous êtes perdus et que vous êtes même tombés plusieurs fois, à voir l'état de vos vêtements. Je me trompe ?

Fanch et Léonie respirèrent. Victor avait gardé le silence. Le vieil homme ne savait rien du Pays des morts.

– Allons, ne faites pas cette tête. Tout est bien qui finit bien.

– Ça veut dire que vous ne nous en voulez pas ? s'enquit Fanch sans y croire.

– Et pourquoi je vous en voudrais ? s'étonna-t-il.

– On a laissé Victor tout seul…

– Il nous a échappé… On aurait dû le rattraper. Le ramener.

– Vous avez fait tout ce que vous pouviez pour lui. Et je sais que vous continuerez à le faire. Pour ça, je vous dis merci. Dans toute la Bretagne et depuis les temps chevaleresques, je crois qu'on n'a jamais vu plus belle bande d'amis !

Sans réfléchir, Léonie se jeta dans les bras de Grand-père qui se mit à rire.

– Allons, allons.

Puis il fit signe à Fanch de venir lui aussi et il serra les deux enfants contre lui.

– J'ai des bras assez grands pour être le grand-père de tout le monde, ce soir !

Un miaulement mit un terme aux effusions.

– Châtaigne ! cria Léonie en se précipitant pour prendre le chat dans ses bras.

– Elle est rentrée la première, dit le vieil homme. Je crois que les bonbons, ce n'est pas vraiment son truc. À propos, j'imagine que vous n'avez pas eu le temps d'aller frapper aux portes…

Ils secouèrent la tête, montrant des mains vides et pleines de terre. Ils avaient laissé le sac confié par Grand-père en compagnie de leurs affaires, sous le buisson.

– À la salle de bains, vite. Et quand vous aurez les mains propres, vous me rejoindrez à la cuisine, il reste du gâteau pour une armée entière.

– Vraiment, je vous adore, souffla Léonie.

– Et moi, renchérit Fanch en salivant, je jure d'ériger dans ma chambre une statue à votre gloire !

ÉPILOGUE

La sonnerie annonçant la fin de la journée retentit partout dans le collège. Un flot d'élèves excités sortit des bâtiments. La rentrée de Toussaint était toute récente et le souvenir des jours de liberté encore présent dans les esprits.

Fanch, Léonie et Victor quittèrent sans hâte la salle de classe où madame Olier leur avait fait faire une rédaction sur leur plus beau souvenir de ces dernières vacances.

– J'ai raconté notre Samain, dit fièrement Fanch.

– Avec l'Ankou ? le taquina Léonie.

– Ah ah, très drôle. J'ai parlé du lendemain de notre retour. Je n'avais jamais été autant gâté de ma vie que par ton grand-père.

– Pauvre Grand-père, soupira Victor. Maintenant, il pense que je vois des fantômes. Il doit me prendre pour un fou.

– Je suis sûre qu'il ne pense pas ça du tout,

objecta Léonie. Il sait combien ta mère te manque. Il sait aussi que tu tiens beaucoup à lui. Cet épisode vous a rapprochés, au contraire.

– Nous a rapprochés, corrigea Fanch. En plus, on a prouvé qu'à côté de notre trio d'enfer, *Les Trois Mousquetaires* ou *Les Tortues Ninja*, c'est de la rigolade !

– Les tortues ninja et les mousquetaires sont quatre.

– On s'en moque. Quels que soient les dangers...

– ... Zombies sur la lande, montagne périlleuse ou gardiens grimaçants... poursuivit Léonie avec un large sourire.

– ... Nous les affronterons ensemble ! termina Victor en attrapant ses amis chacun par le bras. Il y a une autre leçon qu'on a reçue au Pays des morts : c'est auprès des vivants qu'il faut chercher du réconfort.

Léonie fit la moue.

– Pas besoin d'aller au Pays des morts pour apprendre ça. On le savait déjà, non ?

– On peut savoir quelque chose, répondit Victor, et ne pas l'accepter. Si ma mère ne me l'avait pas expliqué elle-même, je crois que je ne l'aurais jamais compris.

– Et toi, Léonie, demanda Fanch pour détourner la conversation en voyant l'émotion gagner Victor, qu'est-ce que tu as dit à tes parents ?

– Rien, bien sûr. D'abord, parce qu'on a décidé de garder le secret. Ensuite, parce qu'ils m'auraient prise pour une folle !

– Est-ce que tu les trouves changés ? Je veux dire, est-ce qu'ils sont différents avec toi ?

Léonie hésita un moment.

– À la réflexion, depuis la Samain, mes parents sont plus attentifs. Et souriants.

– Ah ! dit Fanch en relevant un sourcil. Moi aussi. Plus souriants, et plus détendus.

– Vous croyez que c'est lié à notre voyage au Pays des morts ? dit Victor.

– Évidemment, affirma Fanch. Notre aventure dans le monde des morts a laissé des traces. Même invisibles. C'est obligé.

– Mon grand-père m'a dit qu'il me trouvait plus heureux. Et que c'était sûrement grâce à mes amis.

– C'est vrai qu'il t'a donné son couteau ?

– Oui ! À condition que je le laisse chez moi. De toute façon, la lame ne brille plus. C'est redevenu un couteau normal.

– À propos d'arme… Je vous ai dit que je m'étais réinscrite à un club de tir à l'arc ?

– Oui, Léonie, dit Victor. Au moins vingt fois.

– Et que j'avais complété la carte de Bert le Semi-Mort ?

– Trente fois, je crois, confirma Fanch. D'ailleurs,

tu ne voulais pas l'envoyer à madame Cupplewood pour la remercier de son aide ?

– Je trouve que c'est une bonne idée, renchérit Victor. C'est son blog qui nous a fourni les précieuses informations de Bert le Semi-Mort.

– Je compte toujours le faire, confirma Léonie en hochant gravement la tête. J'attends juste le bon moment.

Tout à coup, surgissant comme à leur habitude de derrière les piliers de la cour, Gus, Léna et toute la bande leur barrèrent la route. Fanch leva les yeux au ciel.

– Je les avais oubliés, ceux-là.

Gus, le regard mauvais sous sa mèche sombre, pointa son index sur Victor.

– Enfin, je te tiens ! Tu vas payer pour ce que tu nous as fait avant les vacances.

Victor resta étonnamment calme. Il regrettait d'avoir laissé son couteau avec son carnet, à l'abri sous son lit. Oh, il n'avait pas l'intention de s'en servir, non ! Mais avec un peu de chance, la lame se serait remise à briller et aurait repoussé Gus, comme les fantômes malveillants sur la lande. Il prit une grande inspiration, caressa la tour Eiffel porte-bonheur qui avait retrouvé sa place sur sa musette. Il avait surmonté suffisamment d'épreuves au Pays des morts pour ne pas avoir peur des menaces de collégiens. Fussent-ils grands et méchants.

– Fiche-moi la paix, répondit Victor sans se démonter.

– Parfaitement, ajouta Fanch en se rangeant à ses côtés. Laisse-nous tranquilles.

– Sinon, tu vas le regretter, menaça Léonie qui avait croisé ses bras sur sa poitrine.

– Écoutez-la ! se moqua Léna de sa voix de chouette enrouée. Tu nous menaces encore avec ton père ?

– La fifille à son papa ! rigola un garçon de la bande.

– Tu sais quoi ? intervint Gus en imposant le silence à ses sbires. Je m'en fous de ton père. Je vais flanquer une raclée au gnome. Tu pourras bien aller te plaindre ensuite à qui tu veux.

Il fit un pas en avant puis s'arrêta, sous l'effet d'une intense surprise.

– Qu'est-ce qui se passe ? chuchota Fanch. De quoi il a peur ? Ne me dis pas que c'est de nous ?

Victor se retourna.

– Je crois que j'ai compris… souffla le garçon.

Fanch et Léonie regardèrent à leur tour et se retinrent de crier : une vingtaine de morts, mi-fantômes mi-zombies, se tenaient juste derrière eux ! Ils adressaient des grimaces abominables à

Gus et ses comparses. Ceux-ci hurlèrent de terreur et s'enfuirent ventre à terre, abandonnant leur chef ainsi que Léna, tétanisée par l'horrible apparition.

– Mais que... Mais qui... Mais quoi... bredouilla la grande fille au bord de l'hystérie.

Fanch prit une inspiration et déclama, sur un ton aussi théâtral que possible :

– Victor a le pouvoir d'appeler des zombies. Ils sont affamés et ils adorent dévorer les âmes. Si vous bougez seulement le petit doigt, il leur donnera l'ordre d'attaquer.

Ç'en fut trop pour Léna qui poussa un hurlement strident et déguerpit à son tour en s'arrachant des poignées de cheveux. Quant à Gus, plus pâle que les fantômes qui le dévisageaient de leurs yeux blancs, il s'agenouilla en tremblant.

– Je te demande pardon. Ne lance pas les zombies sur moi. S'il te plaît !

– À partir d'aujourd'hui, répondit Victor d'une voix grave, tu n'embêteras plus personne au collège. C'est compris ?

– Oui, oui, j'ai compris, c'est promis !

– Alors, dégage.

Gus se releva, vacillant, et prit ses jambes à son cou après un dernier regard en arrière. À peine était-il parti que la cohorte des morts venus du néant s'évanouit, ne laissant dans la cour qu'une fugace impression de brouillard.

– Les morts nous ont protégés, murmura Victor. Ils sont venus à notre secours. Mais pourquoi ?

– Notre aventure au Pays des morts a laissé plus de traces qu'on imaginait, murmura Léonie...

– D'une manière ou d'une autre, on est liés à eux maintenant, reconnut Victor.

– C'est le moment le plus dingue que j'aie jamais vécu, dit Fanch avec un sourire béat.

« Et si c'était ma mère qui avait envoyé les morts ? songea Victor. Elle m'a promis qu'elle serait toujours là pour moi. »

Soudain, il sentit que quelque chose frémissait dans la poche de son blouson. Étonné, il y glissa la main. Lentement, avec beaucoup de précaution, il en sortit une fleur. C'était celle, intacte, que sa mère lui avait donnée avant de disparaître, et qu'il avait glissée là sans y penser. « Quand le monde semble sur le point de s'écrouler, une simple fleur peut tout remettre d'aplomb. »

Cette fleur-là palpitait.

Elle pulsait comme un cœur débordant d'amour.

FIN

Le rocher de Merlin
où Victor a aiguisé le couteau
de son grand-père
qui a fait fuir les morts.
On est arrivés là
en barque avec l'Ankou.
Il y avait
des fleurs jaunes
comme de l'or.
Ensuite des morts
nous ont poursuivis.
La forêt de menhirs où on
s'est réfugiés Fanch et moi.
la vache sacrée, grâce
à laquelle on a pu rentrer
à Kermonac'h.

Sept soleils et sept lunes immobiles...
Au pays des morts, le temps est arrêté.
la crevasse où fanch est tombé.
Le dolmen d'où on voit tout.
Les marais où Fanch a failli se perdre.
Le feu où on s'est retrouvés tous les trois.
Le gouffre de douleur... d'où sont sortis les horribles gardiens.
pommiers magiques.
Le vieux sanglier moisi.
La mère de Victor, sous la forme assez flippante d'un fantôme !
Carte de BERT le SEMI-MORT
Complétée par Léonie
(la Terreur-des-vaches)

CHANSON DE BERT LE SEMI-MORT

Un jour dans son chariot l'Ankou te prendra,
Il t'emmènera près du chêne sans âge
Et aux deux bœufs il te donnera.
La vieille barque te déposera sur le rivage
Éclairé par sept soleils et mille fleurs de cent carats…

Grâce au rocher de Merlin, dessous les saxifrages,
Ta lame tu aiguiseras
Et les défunts fuiront le carnage.
Sur le dolmen de la montagne tu monteras…

Et toi petit enfant loin de ton village,
La lumière des lunes te sauvera
Si tu te laisses prendre aux pièges du marécage…

Près du gouffre de douleur le vent soufflera.

Les génisses arrêteront leur ouvrage
Et un vieux sanglier se réveillera.
Jusqu'aux pommiers sauvages
Il te conduira…

C'est alors qu'il te faudra du courage,
Car dix navires d'apparat
Et onze gardiens ivres de rage
Te chasseront en grognant, comme un scélérat…

Sèche tes larmes sur ton visage :
De la forêt pétrifiée la vache noire surgira.
Plante ta flèche dans son poitrail sauvage :
Le sang coulera et la trompe sonnera,
Annonçant, comme un coup de tonnerre, l'heure du grand voyage…

TABLE

L'AUTEUR

ERIK L'HOMME naît en 1967 dans les montagnes du Dauphiné. Après une enfance dans la Drôme et des études d'histoire à l'université de Lyon, il part plusieurs années, sac sur le dos, à la découverte du monde. De retour en France, il devient bûcheron, puis journaliste, avant de se lancer dans l'écriture. Ses romans pour la jeunesse rencontrent un succès immédiat. Depuis vingt ans il vit de sa plume, chez Gallimard qui accueille avec bienveillance les débordements de son imagination.

Aux éditions Gallimard Jeunesse :

- LE LIVRE DES ÉTOILES (2003)
- CONTES D'UN ROYAUME PERDU,
  album illustré par François Place (2003)
- LES MAÎTRES DES BRISANTS (2005)
- PHÆNOMEN (2008)
- COCHON ROUGE (2009)
- DES PAS DANS LA NEIGE (2009)
- A COMME ASSOCIATION,
  en collaboration avec Pierre Bottero (2012)
- LE REGARD DES PRINCES À MINUIT (2014)
- TERRE-DRAGON (2015)
- LA PATIENCE DU HÉRON,
  album illustré par Lorène Bihorel (2017)
- NOUVELLE SPARTE (2017)
- MASCA (MAnuel de Survie en Cas d'Apocalypse),
  roman illustré par Éloïse Scherrer (2019)

Chez d'autres éditeurs

Aux éditions Callicéphale :

- COMMENT SÉDUIRE UNE PRINCESSE
  EN TROIS TOURS DE CLÉ,
  Kamishibaï illustré par Louise Nakos (2015)

Aux éditions Auzou :

- SIDH LE GÉNIE DU FRIGO – Tomes 1 et 2,
  en collaboration avec Frédéric L'Homme
  et Régis Penet (2020)

Le papier de cet ouvrage est composé de fibres naturelles, renouvelables, recyclables et fabriquées à partir de bois provenant de forêts gérées durablement.

Mise en pages : Maryline Gatepaille

Loi n° 49-956 du 16 juillet 1949
sur les publications destinées à la jeunesse
ISBN : 978-2-07-519619-2
Numéro d'édition : 600279
Dépôt légal : octobre 2023

Imprimé en Italie par Grafica Veneta